なぜ僕の世界を誰も覚えていないのか？
君の世界
Vol. 9
JN054205

「あなたとは違う！　私はね、ずっと仲間と共に戦ってきたの」
こっちは命を捧げて戦ってきたのだ。意地がある。

人間兵器
テレジア
Theresia
この世界のシドの名
を持つ者の一人。

冥帝ヴァネッサ
「冥唱『我が煉獄に炎あり』」
牙皇ラースイーエ
「それでもお前よりはマシだろう」

復活の四英雄
主天アルフレイヤ
「『天軍の剣』、来たれ！」
霊元首六元鏡光
『沈め』

Characters
Phy Sew lu, ele tis Es feo r-delis uc l.
Rinne
Kai
運命の少年
カイ
「真の世界」を目指し、
世界改変に抗う少年。
世界種の少女
リンネ
すべての種族の特徴
を持つ世界に翻弄さ
れる少女。
Jeanne
霊光の騎士
ジャンヌ
ウルザ人類反旗軍を
率いる男装の少女。

黒リンネ
「この世界」ゆえに
たどり着いた世界種
の進化型。
Shadow Rinne
アスラソラカ
大始祖の一人にして、
世界輪廻の首謀者。
Asurasoraka

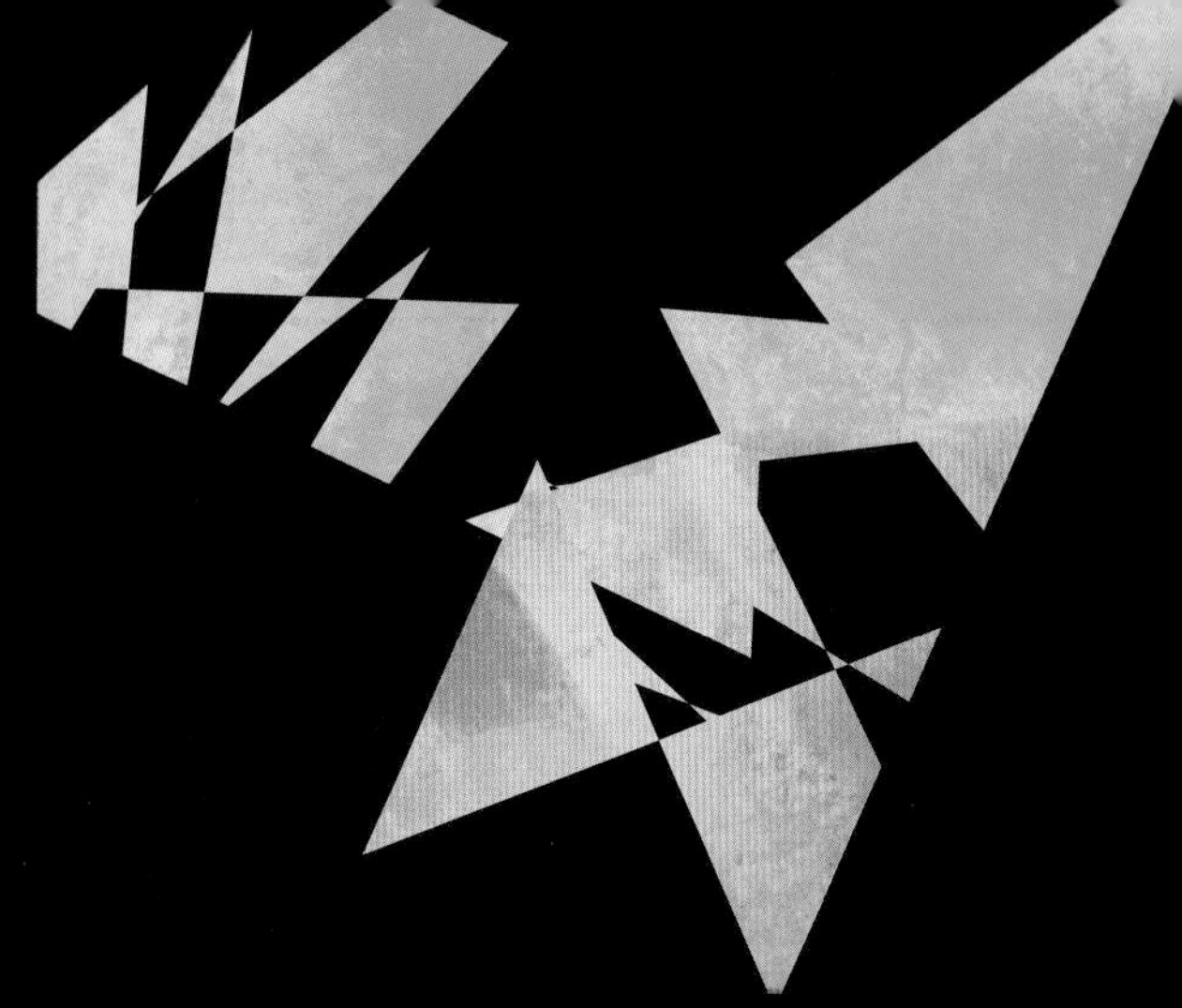

Contents 9

Phy Sew lu, ele tis Es feo r-delis uc I.

P011 Prologue 世界の中心——

P017 World. 1 心奪うもの

P068 World. 2 この世でもっとも美しき

P096 World. 3 ヒトの望みし後来よ

P119 World. 4 悲しき命

P148 World. 5 終わりなき無有愛アスラソラカ

P199 World. 6 魂の還るところ

P231 World. 7 無限にまわる世界輪廻を砕くもの

P263 Epilogue 君の世界

なぜ僕の世界を誰も覚えていないのか？ 9
君の世界

細音啓

Characters

World | Phy Sew lu, ele tis Es feo r-delis uc I.

登場人物

カイ

唯一「正史」を知る世界から忘れられた少年。シドから黒幕を知らされる。

レーレーン

気位が高いエルフの巫女。封印されていたが、カイたちの奮闘で復活。

アシュラン

「正史」でのカイの同僚その2。「別史」ではたくましい傭兵に。

アルフレイヤ

蛮神族の英雄。カイたちとの戦闘後に石化してしまったが……。

アーカイン

この世界のシドの一人。「傭兵王」の異名を持つ。

リンネ

天魔の少女。新たなるコードホルダーを託されたカイの手により復活を果たす。

花琳（ファリン）

「竜戦士」の異名を持つジャンヌの護衛。高い戦闘力を誇る。

バルムンク

ユールン連邦の有能な指揮官。聖霊族を敵視していた……が。

アスラソラカ

大始祖の一体。ジャンヌを人間の英雄と見立てる。リンネと深い因縁を持つ。

テレジア

この世界のシドの一人。「人間兵器」の異名を持つ。

ジャンヌ

「正史」ではカイの幼なじみ。「別史」では霊光の騎士と呼ばれるカリスマ指揮官。

サキ

「正史」でのカイの同僚その1。「別史」でも性格はそのままの気さくな傭兵。

六元鏡光（リクゲンキョウコ）

聖霊族の英雄。カイたちと共闘。他の種族と違わず封印される。

ハインマリル

悪魔族の次席。小悪魔的な性格でカイに強い興味を持つ。

ヴァネッサ

悪魔族の英雄。サキュバスの妖艶さと圧倒的な実力を合わせ持つ。

口絵・本文イラスト：neco

Prologue

Chapter:

世界の中心——

Phy Sew lu, ele tis Es feo r-delis uc l.

この世界の中心は、どこか？

人間にとっては、この大陸にある各連邦の首都がそうだろう。あるいは今なら、多くの者が暮らす人類特区（ヒューマンシティ）かもしれない。

では……

ヒト以外の種族なら？

悪魔族なら、北の王都ウルザーク。

蛮神族なら、東の天使宮殿ゲシュタルロア。

聖霊族なら、南の聖地イグアス・フォール大瀑布（だいばくふ）。

幻獣族なら、西の秘境、帰還不可（かえらず）の死火山湖。

いずれも四種族の英雄の塒（ねぐら）であり、強大な配下たちが集結する難攻不落の拠点として知られている。

まさしく、その種族にとっての中心地。

が。

『今だけは……すべての魂の眠る墓所（ここ）が、世界の中心なのでしょうね』

白の墓所「最深部」――。

祈りの大聖堂。

ステンドグラスを通して差しこむ虹色の光に照らされて、巨大な石の女神像がひっそりと佇（たたず）んでいた。

さながら神を祀（まつ）る像。

人間が見上げるほどに大きく、何百年という時の経過を思わせる石の質感。その、何と荘重なことだろう。

『……ああ。いえ、一つ欠けてしまいましたか。すべてではなくなった』

世界種アスラソラカ。

その石像から溜息（ためいき）が零（こぼ）れた。

『解放されたのは蛮神族？　光帝（こうてい）イフの気配が消えた……そう。残った運命竜（ミスカルシエロ）はさぞ驚いていることでしょうね。そして光帝（イフ）、あなたも最後まで信じられなかったでしょうね。まさか大始祖（じぶん）が、人間なんかに敗れるだなんて』

見誤ったのだ。

この墓所に四種族を封印したことで、大始祖二体は、もはや世界を手にしたも同然だと錯覚した。

地上に残った人間たちが刃向かってくることはない。

なぜなら種を束ねる者がいないから。

『光帝（イフ）、運命竜（ミスカルシエロ）、あなたたちは言っていましたね。人間という種族を墓所に封印することはできない。なぜなら英雄がいないから』

そう。

種族の封印には、その英雄を墓所に封印することが鍵となる。

悪魔族には冥帝（めいてい）ヴァネッサ。

蛮神族には主天（しゅてん）アルフレイヤ。

聖霊族には霊元首（れいげんしゅ）・六元鏡光（リクゲンキョウコ）。

幻獣族には牙皇（がおう）・ラースイーエ。

では、人間は？

四つの連邦にそれぞれ人類反旗軍（レジスト）の指揮官がいる。だがしょせんは傭兵（ようへい）の統率者であり、人間という種族をまとめる役割ではない。

『……と、私もそう思っていました』

だから指揮官ジャンヌに目をつけた。

ウルザ連邦で霊光の騎士と称されたジャンヌが訪れるのを、名もなき大聖堂(サンクチュアリ)でじっと待っていた。

〝部下を率いて戦いなさい〟
〝預言者ジャンヌ。あなたがシドに代わる、この世界の英雄となるのです〟

四種族を討伐させることでジャンヌを「英雄」に仕立て上げる。こうすることで人間を墓所に封印する条件を満たす——そんな最後の切り札も考えていた。

『…………』
沈黙。
埃(ほこり)の舞う音さえ聞き取れるほどの、張りつめた静寂のなか。
『……だけど違った』
アスラソラカの二度目の溜息(ためいき)がこだました。
一度目は落胆。
そしてこの二度目は、どこか自嘲を想(おも)わせる苦笑いで。
『この世界を変えようとしてるのは、それとまるで無関係の人間でしたね』
アスラソラカの脳裏に浮かんだ少年——

彼は英雄ではない。

そもそも四つの人類反旗軍(レジスト)の指揮官でもない。さらに言うならば、彼は元々この世界の住人でさえないのだ。

『……なぜ……まだ立ち向かってくるのでしょうね』

彼の道のりは決して楽なものではなかった。


彼(カイ)は、一度は敗れたのだ。


預言者シドの世界座標(コードホルダー)の鍵は、アスラソラカが自らが奪いとって――

リンネが消滅し――

仲間たちが次々と墓所に封印されていって――

いいいい、
それなのに。

世界種リンネから世界座標(コードホルダー)の鍵を託されて、彼(カイ)は突き進んできた。

墓所へ。

残る三種族の解放を目指して。

『……呆(あき)れてしまいそう』

それは。

世界種アスラソラカが初めて経験した、苛立ち(いらだ)という名の困惑だった。

『カイ、あなたとは別のかたちで、別の関係で出会いたかった……あなたが私のもとまで来れば、きっとあなたを傷つけてしまう。あなたを絶望させてしまうはず』

無駄だから。

もうすべて諦めて、世界が「閉じる」瞬間を待っていた方が楽なのに。

本当はこれ以上、彼が傷つくのを見たくない。

『…………私はいつも後悔ばかり』

三度目の溜息(ためいき)は。

すべての願いと喜びを失った者による、諦観の言霊だった。

『私は、私の運命が大嫌いです』

World.1

Chapter:

心奪うもの

Phy Sew lu, ele tis Es feo r-delis uc l.

1

さらさらと崩れていく。

鏡の大広間――

復活したリンネが捕らえられていた墓所の一角が、天井を支えていた石柱ごと何もかも崩落を始めていた。

光帝(こうてい)イフの消滅。

大始祖の一体が消えたことで、墓所そのものが崩れつつあるのだ。

だが。

今ここには、死闘の果てに倒した光帝イフに代わり、それ以上にも不気味な怪物たちが集結しつつあった。

〝世界種リンネの覚醒を感知。新世界への干渉危険性『最悪』と判断〟

〝切除器官(ラスタライザ)による封印を開始する――――〟

まるで壊れた人形（マリオネット）のような怪物たち。

骨だけの翼を羽ばたかせる個体。腕から先が翼になった個体。鞭（むち）のような腕を伸ばして天井にぶら下がる個体。

いずれも、いくつの種族が混じっているのかわからない程に「ごちゃ混ぜ」なのだ。

——切除器官（ラスタライザ）。

唯一わかっているのは、これが明確な敵であるということのみ。

「……こやつら、ワシらがお目当てで間違いないらしいの」

エルフの巫女（みこ）レーレーンが、歯を食いしばった。

蛮神族の封印から解放されて、まだ一時間足らず。

だが既に、レーレーンの七単（ななひとえ）の衣『七姫守護陣』は、光帝（こうてい）イフとの交戦でずたずたに引き裂かれた後である。

「三体？　いや、まだ奥から這（は）い上がってきよる。カイよ、どうする……」

「ここで引き下がれるか」

頭を振って、カイは世界座標の鍵（コードホルダー）を握りしめた。

身体（からだ）が重い。

鉛の足かせでも填（は）められているかのような全身の疲労は、光帝イフとの死闘の後遺症ともいうべきものだ。

……狙いはリンネか!?

……こんなにも早くリンネの復活を嗅ぎつけてきたのか。

最悪の状況だ。

まだ四種族のうち蛮神族しか解放できていない上に、そもそも自分(カイ)たちは光帝イフとの激戦を終えたばかり。

「させるかよ！」

自らを鼓舞するために、カイは強く息を吐き出した。

「リンネ、絶対に墓所(ここ)から出るぞ。何があっても自分を犠牲にだなんて考えるな！」

「……うん！」

寄り添っていた金髪の少女リンネが、よろめきながらも自分(カイ)の横に並び立った。

「……わたしも、カイがそう言うなら信じる！」

リンネは消滅からの再生したて、、、だ。

失った法力もまだ回復にはほど遠い。なにしろ起き上がれるようになったのも直前のことなのだから。

「無理を押し通すしかあるまい。少々身体に堪(こた)えるがな」

リンネから離れた位置――

にじり寄ってくる切除器官（ラスタライザ）へ、主天（しゅてん）アルフレイヤが白銀色の指揮棒（タクト）を突きつけた。

光帝（こうてい）イフの光を浴びたことで背中の六枚翼が痛々しく傷ついているが、その瞳は煌々（こうこう）と輝いている。

「レーレーンよ」

「はっ。ワシも最後までお供いたしますゆえ」

「勘違いするな。正面から張り合う必要はない」

集まりつつある切除器官（ラスタライザ）。

その一体一体が、かつての六元鏡光（リクゲンキョウコ）の言葉を借りるならば「世界の敵（ワールドエネミー）」——四種族の英雄より強いかもしれないと言わしめた怪物たちだ。

「時間を稼げばいい」

アルフレイヤが頭上を指さした。

光帝イフとの戦いで墓所の天井がくり貫（ぬ）かれ、その先には深い蒼穹（そうきゅう）が覗（うかが）える。

「私の部下たちが、間もなくこの深部までやって来よう」

じきに蛮神族の援軍が駆けつける。

何百という天使の大軍ならば、切除器官（ラスタライザ）さえ圧倒的な数的有利で押し返せるだろう。

……アルフレイヤの言うとおりだ。

……そこに縋（すが）るなら、まだ助かる可能性はある。

裏を返せば。

この場の自分たちだけでは勝機がないのだと、主天アルフレイヤは暗にそう言っている。

ここは耐える戦いに徹するべきだと。

『ひっ！』

怪物の壊れた笑みが、戦闘開始の銅鑼となって響きわたった。

切除器官Ⅰ相『破壊意思』。

異形の少女が身を屈めるや、ぽこん、と気味悪い音をたてて太股が肥大化する。

「っ、来い！」

迎え撃つ。

飛びかかってくる突撃を逆手にとって、世界座標の鍵で反撃。そこまでの攻防をカイが思い浮かべた、まさにその瞬間――

獰猛な獣の咆吼が、後方から響きわたった。

びりびりと震える肌。

大波のごとく押し寄せる音の津波が、カイの肌を粟立たせた。

「……何だ！　まだ他の切除器官がいるのか!?」

いや違う。

自らが発した言葉を、カイはすぐに否定した。

「どういうことだ？」

切除器官たちがピタリと止まったのだ。

飛びかかろうとする姿勢で硬直。今の咆吼に反応したとしか思えないタイミングで。

「カイ見て！　あいつらが!?」

リンネが指さす先で。

切除器官が、一斉に天井を見上げたではないか。

『――――』

ブンッ、と。

空中にできた黒渦の中へと消えていく。

おぞましい気配も殺気も嘘のように静まって――

あっという間に、大広間に残っているのはカイとリンネとレーレーン、それに主天アルフレイヤの四名のみ。

「……奴ら消えていきおった」

レーレーンの擦れ声。

「ワシらを見逃すと？」

「どうかな。私には優先順位の程度にしか見えなかったが」

主天アルフレイヤが苦々しく返事。

法具となる指揮棒(タクト)を懐中に収めながら。

「奴らは、我々を明確に敵視していた。見逃されたと思うのは危うい」

「で、ですが主天(アルフレイヤ)様？　ワシらより優先すべき者がいると？」

「……そうだな」

問い返すレーレーンに、アルフレイヤがちらりと後方を流し見た。

自分に寄りかかるリンネを。

「あのバケモノにとっての標的が他にもいるのだろう。私が真っ先に思い当たるのは……」

奥から届いた咆吼しかないが」

「ま、まあそれは確かに……」

不承不承ながらに頷(うなず)くレーレーン。

「主天(アルフレイヤ)様は、あの咆吼に心当たりは？」

「ない」

「……ということじゃが、お主はどうなのじゃカイ」

「俺だってサッパリだよ」

何者の咆吼かわからない。

　ただし、カイが気になったのは咆哮(ほうこう)の巨大さだ。まるでジェット機が通過するような、爆撃音じみた声量だった。

　……音の発生源はそこまで近くじゃない気がする。

　……なのに、あれだけはっきりと聞こえることがまず尋常じゃない。

　それが鍵(ヒント)。

　相当の巨体でなければ、あれほどの咆哮は生まれないだろう。

「俺の想像する中で一番近いのは幻獣族だけど」

「幻獣族じゃと⁉　そんなバカな、この墓所から解放されたのは蛮神族(ワシら)だけじゃろう？　あのバカでかい連中が解放されたならすぐにわかるであろうに！」

「ああ。だから幻獣族だとは俺も思ってない」

　幻獣族並の巨体だが、幻獣族ではない。

　かつ墓所を徘徊(はいかい)してる。

　だとすれば自分(カイ)に思い当たるのは一つきりだ。

「大始祖がまだ一体残ってるはずなんだ。運命竜ミスカルシェロ……と名乗ってた奴(やつ)が。俺も一度見たきりだけど相当な巨体だった」

「……むぅ」

　レーレーンが表情を強(こわ)ばらせた。

「そうだとして、大始祖があれほど強く吼える理由があるかの？　そんなの戦闘状態でもなければ起こりえんぞ」

「ああ。その戦闘が起きてるのかもしれない」

レーレーンに頷いて、カイは後方の通路を指さした。

咆吼が轟いてきた方へ。

「俺たちは墓所に入ってすぐバラバラに転移させられた。ジャンヌやバルムンク指揮官の位置が今もわからない。蛮神族の大妖精もそうだ」

「……その誰かが大始祖に襲われておると？　あの咆吼がそうじゃと？」

レーレーンが沈黙。

ややあって、重々しい口ぶりで二の句を継いだ。

「ワシが言うまでもないが、カイ、その状況は相当に危ういぞ」

「ああ。だからジャンヌたちとの合流を最優先にしたい」

厄介なのは、ここ墓所の複雑極まりない内部構造である。

まるで超巨大な迷宮だ。

似たような分岐がいくつもある上に、行く手を阻む隔壁のせいで迂回を余儀なくされて方向感覚も狂わされる。

……いや、だけど。

……あの雄叫びは考えようによっては好機かもしれない。

感知できる。

人間より遙かに優れた聴覚のエルフならば。

「レーレーン、今の雄叫びが聞こえた方向がわかるか？」

「も、もちろんじゃ！　通路の壁で乱反射するせいで不確かではあるが、それでも方角と位置は見当つく。ワシについてこい！」

「わたしも手伝うよ！」

レーレーンに続いて、リンネが大きく手を上げた。

「ジャンニャもいるんだよね、早く助けないと！」

「……ああ頼む。二人とも力を貸してくれ」

レーレーンとリンネが走りだす。

二人の背中を追って、カイもまたその後を駆けだした。

……できれば杞憂であってくれ。

……あのでかい咆吼が、ジャンヌたちが襲われたものなんかじゃないって思いたい。

的外れであってくれ。

そう願い、墓所のより深い層へとカイは進んだ。

2

花の大乱舞。

足下には数えきれないほど多種多様な花が咲き乱れ、その宙(そら)では、吹き抜けからの風が花びらを次から次へと舞い上げる。

――花の大広間。

楽園という単語がこれほど似合う光景を、ジャンヌは知らない。

ただし、人間のために用意されたものではない。

大始祖のための楽園なのだ。

『我は運命竜ミスカルシェロ。ヒトよ、聖なる墓所へと踏み入った大罪を、我は一度きり許そうではないか』

ジャンヌと花琳(ファリン)、さらには銃を構える部下たちの前で。

濃紫色の竜が立ち上がった。

地下から湧き上がるように這(は)い上がってきた竜が、天井に届くほどの巨体から眼下を見下ろして――

『その蛮神族を捧(ささ)げよ。大いなる神への供物(くもつ)である』

「ひっ!?」

「……断る！」

悲鳴を上げた大妖精シルクを庇(かば)って、指揮官バルムンクが前に進みでた。

大始祖めがけて指を突きつけて。

「貴様にくれてやるものは一つとしてない。ミン殿たち西(シュルツ)の傭兵(ようへい)を片っ端から洗脳したこともわかっている！」

『――――』

「ミン殿の洗脳を解け。そして……」

バルムンクが睨(にら)みつけるのは花園の奥だ。

運命竜ミスカルシェロの背後に咲く、もっとも見事な七色の花へ。

「何の種族か知らんが、そこに封印されているものを解放させてもらう！　俺たちはその為(ため)にやってきた！」

『――――』

「なにせ俺やジャンヌ殿は極楽鳥(ゴッドバード)に襲われた身だからな。貴様の本心も知れたものだ。貴様の甘言に惑わされることなどない」

バルムンクの怒号が、大広間にこだまする。

そして静寂。

十秒……数十秒……あるいは一分を超えても、バルムンクを見下ろした濃紫色の竜は、凍りついたように動かない。

「おい貴様、聞いているのか！」

『いづれの花か散らで残るべき』

旧い言葉遣いでもって。

毒々しい鱗の竜が、重々しく言葉を吐きだした。

『わざわざ散るのを待たずして、自ら露と消えるか。人間たちよ』

「ぐっ!?」

ぞっ、と。

胸を鷲づかみにされた。そんな圧迫感に、ジャンヌは反射的に跳び下がった。

言葉に圧されたのではない。

大始祖――運命竜ミスカルシェロから放たれる気配が一変したのだ。

息さえつまる禍々しき殺意。

「……正体を現したか。総員構えろ、来るぞ！」

『大いなる贄』

竜が、足を踏みだした。

精巧に造られた金属製の花を、自ら容赦なく踏み砕きながら。

『其方らの犠牲を礎とし、我は、地上に花咲く楽園をもたらそう』

「お断りだ！」

背に担いでいた重機関銃を、バルムンクが両手で抱え上げた。

戦闘車用。本来なら兵士二人がかりで運ぶ超重量の射撃銃を一人で構え、その引き金に指をかける。

「撃てっ！」

轟音が、花の大広間を埋めつくした。

バルムンクの重機関銃が火花を散らし、その後方からも部下たちが機関銃で一斉射撃。

サキ、アシュランの自動小銃がそこに続いて――

ぎちっ。

弾丸が潰れた音がした。

「え……な、何よ今の音はっ⁉」

カチッ、と。

弾倉一つを丸々撃ちつくしたサキが、擦れた声で悲鳴を上げた。

地面に転がる何百発という弾丸。そのすべてが運命竜ミスカルシェロの鱗を貫通できず、逆に拉げて地に落ちていく。

「こいつの鱗、どんな硬さなの!?」

対幻獣族用の自動小銃(バトルライフル)だ。

亜竜(ドレイク)や巨獣(ベヒーモス)のようなぶ厚い皮膚と筋肉を貫くために、この弾丸は鉄板をも突き破る貫通力を持たせてある。にもかかわらず、だ。

まるで鋼鉄の壁に水風船でも投げつけるように、ぶつけた弾丸の方が片っ端から砕けていく。

『――――』

大始祖の竜は止まらない。

弾丸の雨を全身に浴びながら、眼下の傭兵(ようへい)たちめがけて迫ってくる。

「だ、だめです指揮官！　効果が見られません！」

「お前たち怯(ひる)むな！　撃ち続けろ！」

部下たちに檄(げき)を飛ばして。

バルムンク自身は、両手に抱えていた重機関銃を投げ捨てた。部下やジャンヌが呆気(あっけ)にとられて見つめるなか、花の大広間を走りだす。

「バルムンク殿、何を!?」

「来るなジャンヌ殿！　こういうのは俺一人の方が身軽だからな！」

バルムンクが花の絨毯(じゅうたん)を転がる。

運命竜ミスカルシェロの足下をくぐり抜けて、さらに大広間の奥へ。

『……』

何をしている？

運命竜だけではない。ジャンヌはもちろんバルムンクの部下さえも、この狙いを瞬時に看破したものはいなかっただろう。

その隙に――

バルムンクは大広間の奥まで一息で駆けぬけていた。

七色に咲いた巨大な花の、目の前まで。

「これが四種族の封印の一つだろう！」

『……それが狙いか？』

「何の種族か知らんが、ぶち壊せば何万何十万体と飛びだしてくるはず。大始祖一体ではどうしようもあるまい！」

バルムンクの手には小型の鎚。

軍用車のドアさえ強引にこじ開ける緊急破砕用の鎚だ。この花が石のように硬くともたやすく打ち砕くはず。

「覚悟！」

バルムンクが鎚を振り下ろした。

直径二メートル近い大輪の花——それを模した封印石がばらばらに割れ砕ける瞬間を、誰もが予見したに違いない。

「……ぐっ⁉」

苦悶の声。

封印石の花には傷一つない。むしろ自らの右肩を押さえ、後ずさったのはバルムンクの方だった。

「……こんな薄っぺらい花弁ごときが、なんだこの鋼鉄のような手応えは⁉」

『叶わぬ』

濃紫色の竜が、ぎろりと首を向けた。

竜の顎が外れた。

『この大広間の花はすべて我が分身。ゆえに触れること大罪なり』

そう錯覚させるほどに、大きく開いた口腔がみるみる溶岩色に照り輝いていく。

凝縮する超高熱。

まだ竜の口腔内に留まっているにもかかわらず、ジャンヌが痛みを感じるほど強い熱波が膨れ上がっていく。

『消えよ』

「まずい、そこから離れろバルムンク殿！」

「吐息(ブレス)か⁉」

バルムンクが身をひるがえす。

その脳天めがけて溶岩色の閃光(せんこう)が撃ちだされた。墓所の内壁さえ溶かす熱線が、人間(バルムンク)を真っ二つに切り裂いた。

悲鳴を上げることも許されない。

熱線に切り裂かれた肉体が、花の大広間に倒れていって――


そのバルムンクが、陽炎(かげろう)のように揺らいで消えた。


『……っ。なに？』

バルムンクの姿が消える。

そのわずか数メートル横に、無傷で膝をつくバルムンクが忽然(こつぜん)と宙から現れたのだ。

熱線を避(よ)けた？

竜が見下ろすなか、バルムンク自らも唖然(あぜん)とした面持ちで。

「俺は……生きているのか……？」

「早く、早く立つの！」

大妖精が、バルムンクの頭に飛び乗った。

「今ので幻影が吹き飛んだの。早く逃げるの人間！」

「……お前の仕業かチビ!?」

「早く！」

「上出来だ！」

大妖精を脇に抱えてバルムンクが跳び下がる。

その直後、吐息（ブレス）が通り過ぎた地面が真っ赤に溶けて、噴火のごとき勢いで溶岩状の飛沫（しぶき）が噴き上がった。

大広間の壁も、床も。

竜の吐息（ブレス）でできた切断面が、どろどろに溶けていく。

「冗談ではない、あんなもの浴びれば人間（おれ）など蒸発するぞ……」

「っ！　人間、また来る！」

「何だと!?」

バルムンクの頭上で、運命竜ミスカルシェロの顎が再び大きく開かれた。

「……アレを連発できるのか!?」

「バルムンク殿、屈（かが）め！」

返事を待つ余裕はない。

突き刺すようにそう叫ぶや、ジャンヌは竜の後方に回りこんだ。

「『月の弩(おおゆみ)』よ」

蛮神族の至宝の一つ「霊光の戦装束」――

鎧(よろい)と対になる、数多(あまた)の宝石をちりばめた美しき弓を力いっぱい振り絞る。

「劈(つんざ)け！」

法力の矢が、光の軌跡を描きながら竜の額を撃つ。

これだけでは終わらない。

「花琳(ファリン)！」

タンッ、と。

地を蹴って高らかに宙を舞う部下へ。

「やれ！」

「もちろん」

矢を受けた運命竜に反応する間も与えない。曲芸師じみた平衡感覚でもって、花琳が、その巨大な背に飛び乗った。

「目には目を。竜には竜を」

花琳の剣は偃月刀(シャムシール)と呼ばれる特殊な曲刀だ。その刃(やいば)が竜の背中に触れた途端、轟(ごう)ッと吼(ほ)えるように灼熱(しゃくねつ)色に塗り変わった。

そして爆発。

——亜竜の牙(ドレイクトゥース)。

花琳の剣は、幻獣族の牙から造られた。

一吹きでビルをも焼き焦がす亜竜(ドレイク)。熟練の刀鍛冶がその牙を鍛えることで世界最硬級の剣が完成する。

『——』

「体格に似合わず頑丈か。ならもう一撃」

『——無為なり』

「っ!?」

花琳が目を見開いた。

濛々(もうもう)と膨れ上がる黒煙のなか、花琳が斬りつけたはずの背中にまるで傷がない。

「まずい！　花琳、そいつの背中から離れろ！」

背筋を走る悪寒に、ジャンヌは己の部下に全力でそう命じていた。

ジャンヌが見たのは竜の背中ではない。月の弩(おおゆみ)で撃ちぬいたはずの竜の額が、流血どころか鱗(うろこ)一つ剥(は)がれていないのだ。

……まるでダメージになってない……嘘(うそ)でしょう!?

……私の弓も、花琳の亜竜の牙(ドレイクトゥース)も！

あまりにも強靱(きょうじん)すぎる。

この竜は、いったいどうすれば仕留められるのだ。

「……上位悪魔でも仕留める爆炎だがな」

花園に飛び降りる花琳。

普段いかなる時も涼しげな佇いの彼女が、その声にわずかな苛立ちを込めて。

「極楽鳥にもだ」

『それは思い上がりというものだ人間よ』

運命竜ミスカルシェロがゆるりと振り返った。

ジャンヌと花琳、バルムンクと大妖精、そして背後で銃を構えながらも怯えたまなざしの傭兵たちに向けて。

『極楽鳥も守護獣も墓所より生まれた。その墓所の主こそ我である』

御使いよりはるか格上。

暴君のごとき強さをほこった極楽鳥さえ、運命竜ミスカルシェロと比すれば小鳥でしかない。

『魂色蝶・反魂花』

ざわっ。

大広間を埋めつくす花びら——そのすべてが蠢いた。

花びら二枚が重なって一対の羽根をもつ蝶へと生まれ変わり、そして次々と羽ばたいて飛び上がっていく。

「……な、何なのこの気持ち悪いの!?　ちょっとアシュラン！」

「俺が知るかよ！　サキ離れろ、なんかやべぇ予感しかしないぞこの蝶は！」

サキとアシュランが真っ先に跳び下がる。

応戦ではなく退避。

他の傭兵が戸惑うなか真っ先に後者を選んだ判断が、わずか数秒の差で、二人を救った。

何百匹という蝶が、急降下。

傭兵たちの顔めがけて次々と飛びついてきた。

「な、何ですかこの蝶たちは!?」

通信兵の額に蝶が飛びつく。

それを払いのけるより早く、その蝶が溶けるように肌に染みこんだ。まるで人間の体内に潜りこむように。

「――――っ……」

ふらり。

女通信兵の膝が折れて、悲鳴もないまま床に倒れた。

その隣でも一人また一人と。魂色蝶（こんじき）に潜りこまれた傭兵たちが、目の光を失って倒れていくではないか。

「アリーシャ通信兵⁉　おいどうした！」

ジャンヌが抱き起こしても反応がない。目覚める気配もない。

命はある。まるで外傷もない。

なのに意識だけがない？

『ヒトの魂には色がない。いとも、たや、すく、塗り替わる、』

「……何だと⁉」

輝く蝶がひらひらと宙を舞う。

そんな幻想的ともいえる光景が、ジャンヌに一つの記憶を浮かび上がらせた。

〝大始祖を討つことにも賛成できません〟

〝平穏を与えてくれた大始祖と争う理由がありません〟

「……貴様っ」

きりきりと奥歯を噛みしめる。

理解した。このおそろしく幻想的な蝶の正体を。

「これがミン殿を洗脳した術か！」

『魂の洗浄である。我はただ、其方の魂を洗い清めるだけ。雪よりも白くなるように』

「……外道が！」

「ジャンヌ様、頭を下げて」

花琳の一閃。

亜竜の牙から噴き上がった炎が猛々しく燃え上がり、ジャンヌめがけて襲いかかった蝶の群れを薙ぎはらった。

「っ、すまない花琳」

「いえ、せいぜい数十匹です」

上空にはまだ何百匹という魂色蝶。

獲物を待つハゲタカのごとく宙を旋回し続けている。サキやアシュランが自動小銃で撃ち落としてもまるで減った気がしない。

この炎も、所詮は一時しのぎ。

無数の魂色蝶の一匹にでも触れられた瞬間、人間は為す術なく洗脳される。

「……死地か。花琳、どう思う」

「率直にいって戦況は芳しくありません。現状、我々の火力でもってあの竜を葬る術はない。ただし――」

花琳が床を蹴った。

ジャンヌの言葉を待たず、一直線で大広間の奥へ。

「現状の我々では、の話です」

「花琳(ファリン)!?　待て！」

「あの花を砕くこと。悪魔族でも聖霊族でも幻獣族でもいい。奴(やつ)らを解放するしか勝機はありません」

七色の花を模した封印石。

大広間の花がことごとく魂色蝶(こんじきちょう)に変化した中で、運命竜ミスカルシェロが守る封印石だけは花の形を保ったまま。

『染めよ魂色蝶(こんじき)』

じっ、と耳障(みみざわ)りな羽音を立てて魂色蝶(こんじき)が軌道を変えた。

頭上を飛びかう蝶たちが一斉に、大広間を駆ける花琳めがけて何千体もの大群となって襲いかかる。

「花琳やめろ！」

「そのご命令は聞けません。一度きりの我(わ)が儘(まま)をお許しを」

花琳が、二振りの亜竜の牙(ドレイクトゥース)を床に突き立てた。

床から噴き上げる熱波が魂色蝶(こんじき)を払うが、その炎を食い破るように蝶の大群が花琳の前に立ちはだかる。

それを——

「はっ！」

裂帛の気勢とともに、灼熱の刀身が斬り裂いた。

海を割るがごとく。

真っ赤に輝く亜竜の牙が、淡い魂色蝶の大群を真っ二つに割いたのだ。

「一匹一匹は脆いな。触れられなければいいだけのこと」

大広間のなかを渦巻く業火。その業火の道を花琳が滑るように突き進む。

七色の花めがけて――

その最後の踏みこみが。

「花琳！」

『滅せよ』

運命竜ミスカルシェロの頬まで裂けた口腔から、吐息が噴きだした。

じゅっ。

触れるものすべてを切断する光線が迫る。あと一歩、封印石に近づいていれば花琳の肉体は真っ二つに切り裂かれていただろう。

だが、避けたところで結果は同じ。

息吹の衝撃――

かすめた熱波が花琳を紙くずのように吹き飛ばし、大広間の壁に打ちつける。

「花琳(ファリン)っっっ!?」

『無為なり』

壁にくずおれる人間を見下ろして、大始祖は悠然と発した。

わかりきっていた結末なのだ。

そう。

大始祖が注視するのはあくまで四種族。この背後にある封印を守りさえすれば、人間にできることなどない――


「…………そう……思った、か……?」


擦(かす)れ声。

ジャンヌが、サキとアシュランが、固唾を飲んで見つめるなかで――

「しょせん……でかいだけのトカゲだ貴様は……」

口の端から赤いものを滴(したた)らせた花琳が、壮絶な笑みを浮かべていた。小刻みに震える右手を持ち上げて、竜を指さしてみせる。

「まだ気づかないか?」

『――――』

「なぜ私が貴様を指さしできると思う」

それは右手が空いているから。

右手が空いているのは、握っていた亜竜の牙（ドレイクトゥース）を手放したから。

ならば。

亜竜の牙（ドレイクトゥース）はどこへいった？

「…………これにて……遂行。任せましたよ」

「おうよ！」

「あとはシルクたちに任せるの！」

何もないはずの虚空から。

亜竜の牙（ドレイクトゥース）を抱えたバルムンクが、大妖精シルクと共に飛びだした。

『何っ⁉』

大妖精シルクの幻影――

竜の息吹（ブレス）からバルムンクを守った術を、運命竜ミスカルシェロは見誤った。ただの逃亡用。それ以外に使い道のない術だと。

そのはずが――

花琳が熾（おこ）した炎に紛れて姿を隠し、花琳の亜竜の牙（ドレイクトゥース）を拾っていたのだ。

『…………人間っ！』

竜が、吼えた。

泰山のごとき静けさから一転、火山の噴火のごとき猛々しさで。

『それだけは許されんぞ！』

「知ったことか！」

バルムンクが亜竜の牙を握りしめた。花琳の手から離れてなお、灼熱色に輝く刀身は力強く燃え続けている。

その刃を、渾身の気迫でもって振りおろす。

『待――――――』

運命竜ミスカルシェロの咆吼の、最中に。

亜竜の牙が、七色の花を粉々に叩き割った。


ぎちっ。

それは空間が軋む音。

大始祖の術で強制的に歪ませられていた圧縮空間が元に戻っていくとともに、封印石の中心部から光が噴きだした。

何千何万と――

大広間の壁をすり抜けて、墓所の外へと飛んでいく。

解放されたのだ。

また一つ、墓所に封印されていた種族が。

「お、おい!?　どういうことだ、解放された光が全部外へ出て行ってしまう!?　おい待て、ここで俺たちの加勢を…………」

『許しがたし』

怒れる竜の地鳴りが、バルムンクの声を打ち消した。

『聖霊族……忌まわしき悪霊たちが解放された……その罪は…………』

「せ、せ、聖霊族だと？」

『――――この場の人間すべての消滅でもって贖（あがな）うがいい！』

竜が前脚を振りあげた。

亜竜（ドレイクトゥース）の牙もろともバルムンクと大妖精を跡形もなく踏み潰す。そんな一切の慈悲なき死の一撃が。

『鏡光（キョウコ）のペットに手を出すな』

――阻まれた。

粘状生物(スライム)の巨大な拳(こぶし)に、絡め取られるように受けとめられたのだ。

『……其方(そなた)は！』

『他の人間に興味はないが、これだけは鏡光(キョウコ)の物だ。……ああ、あともう一つ。お前には聖霊族としての恨みもあった』

一体の粘状生物(スライム)が、運命竜ミスカルシェロの前脚を掴(つか)んで離さない。

真っ青な少女だ。

何百万体という聖霊族の中でも、人間への擬態を好む聖霊族はたった一体しか知られていない。

聖霊族の英雄「霊元首(れいげんしゅ)」六元鏡光(リクゲンキョウコ)。

その英雄が、巨大な竜を見上げて微(かす)かに声を低くした。

『よくも閉じこめてくれた』

六元鏡光(リクゲンキョウコ)の右腕が爆(は)ぜた。

何百という粘液群の飛沫(しぶき)が、絡め取っていた竜の前脚に次々とこびりつく。

——万象鏡化(ばんしょうきょうか)『雷』——

雷の大花が咲いた。

破裂した粘液の飛沫一つ一つから、無尽蔵なまでの法力が放出される。

「ま、眩(まぶ)しすぎではないか!?」

「な、何なの、このめちゃくちゃな法力っ⁉」

バルムンクと大妖精が悲鳴を上げる。

距離のあるジャンヌさえ息を呑む怒濤の放電が、運命竜ミスカルシェロの前脚を伝い、全身をみるみる焦がしていく。

『……穢らわしい！』

竜の激昂。

全身を焼き焦がす膨大な電撃が、たった一度の咆吼で消し飛んだ。

『っ？　鏡光の雷を弾いた？』

しゅるん、と。

竜の脚を掴んでいた腕を引き戻し、六元鏡光が目を細める。

『……ああ、なるほど。全身の鱗一つ一つに防御結界を施している。だから鏡光の雷も内部を焼くに至らなかった。貫通する手前で皮膚に弾かれた』

『浅知恵の披露か、聖霊族よ』

運命竜ミスカルシェロの全身から立ちこめる、黒い煤。

まさに六元鏡光の言うように、あれほど強大な雷撃さえも鱗に阻まれ、肝心の内部まで届いていないのだろう。

『すべての鱗に防御結界を仕込んである。全身の鱗が一万枚だとすると、防御結界も同数。

つまり最低でも一万回の攻撃が必要……？』

『十万』

大始祖の答えは、涼しげだった。

『我が全身にまとう結界は十万と二千六十一。其方の雷撃で潰えたのは、そのうち百と三。これをあと何回くり返す？』

『楽勝』

六元鏡光の反論。

それには誰もが耳を疑ったことだろう。大始祖さえも。

『たかが十万と二千六十一の結界。そんなもの鏡光には数の内にも入らない』

『……愚物が！』

竜の頰が大きく裂けて、その口腔に紅蓮の輝きが灯った。

『この大広間ごと消し飛ぶがいい。すぐに聖霊族もまた封じてくれよう』

『ああそう』

ぽちゃん……

水しぶきの足音と共に、六元鏡光が床を蹴った。

両手を鞭へ。頭上から襲いかかる魂色蝶を次々と叩き落としながらも、一切の速度を落とさずに竜へと距離を詰めていく。

『潰れよ悪霊』

『潰れてあげよう』

竜の足に踏み潰されて、少女の姿をした粘状生物(スライム)が弾(はじ)け飛んだ。

が。

「いや、違う……?」

バルムンクは無意識にそう呟(つぶや)いていた。

聖霊族と長きにわたる死闘を繰り広げてきた人類反旗軍(レジスト)の長には、この破裂に見覚えがあったのだ。

これは聖霊族の常套手段(じょうとうしゅだん)。

変幻自在の肉体である聖霊族は、二つの場合に、自ら肉体を分裂させることがある。

一つは逃走。

そしてもう一つは――

「包囲か！」

『つなに!?』

大始祖たる竜が目を剥(む)いた。

踏み潰して破裂させた。そう思っていたはずの粘状生物(スライム)が、何千という断片に分かれてミスカルシェロの全身にまとわりついていたのだ。

『一つ教えてあげよう』

何千という粘液の塊から響いたのは、六元鏡光（リクゲンキョウコ）の声。

『聖霊族は、自分の粘液群（からだ）を燃料にして法術を発動する。法術を使いすぎれば自分が死ぬ。自分の細胞を消費するわけだから』

『っ、今さら何を――』

『裏を返せば、細胞の数だけ法術が撃てる』

『…………』

竜が、言葉を失った。

この聖霊族の英雄が何を言わんとしているかを察したのだ。

――天敵。

幻獣族でも蛮神族でも悪魔族でも、あるいは人間でも。

この大始祖は撃破不能（たおせない）。

それを唯一打ち破る可能性がある聖霊族だからこそ、その封印を守るため運命竜は自らここにいたのだ。

『鏡光がいま使える細胞数は、核を除いて七億八千九百八十一万、とんで七十一。……で？　お前の結界はいくつだっけ？』

それが宣告。

運命竜ミスカルシェロに一切の反論を許す間もないままに。

――万象鏡化（ばんしょうきょうか）・終演『光』――

白夜のごとき輝きが、生まれた。

濃紫色の竜の全身に絡みつく真っ青な粘状生物（スライム）。その断片のすべてから同量同質の光が湧き上がった。

空中の魂色蝶（こんじきちょう）のことごとくを呑（の）みこんで。

墓所の天井を跡形もなく切り取るように消滅させて。

そして何よりも。

『――――――ツッッッ！』

大いなる光の嵐が、十万におよぶ結界もろとも大始祖を跡形もなく消し去った。

荒れ狂う風と光がやがて鎮まって。

ジャンヌがおそるおそる目を開けた先には――

『おっと』

「ぐはっ⁉　ぬぅっ……おい貴様、なぜわざわざ俺の上に降ってきた！」

倒れたバルムンクに、なぜか馬乗りになった六元鏡光（リクゲンキョウコ）がいた。

『ほほう、鏡光の着地を受けとめるとは感心なペット』

「お前が狙いを定めて降ってきたんだろうが！」

『偶然にすぎない』

怒りの形相の人間をしげしげと見下ろして。

『できのいいペットを持ってご主人様は嬉しい。よくやった』

「誰がペットだ!?」

『うるさい。今は鏡光が喋る番』

むぎゅっ、と。

バルムンクの頬を両手で挟みこむようにして、黙らせてから。

『……ふむ』

六元鏡光が改めて、大広間のまわりを一瞥した。

ジャンヌたち他の人間に気づいたからではなく、この墓所の内部をじっと観察しているような素振りで。

『ここはもしや墓所の中？』

「……そうだ。俺とて本意ではなかったがな。感謝しろ」

『そう』

なぜ、とは六元鏡光は訊ねなかった。

なぜ人間が聖霊族を解放したのか。そう訊ねる代わりに。

『ますます好き』

「ん?」

『……鏡光の独り言。それよりも』

バルムンクの頬に両手で触れたまま、馬乗りの六元鏡光が顔を近づけていく。

互いの顔と顔が触れそうなほどに近い距離で。

『聖霊族を解放した。良いことをしたペットには褒美が必要。なにがほしい? 餌? 水? それとも鏡光からの躾?』

「全部いらん」

『断る選択肢はない』

「なぜ受けとる側が強制されるのだ!?」

『……まったく注文が多い。ご主人様を困らせて。なら、しょうがない』

やれやれと、真っ青な少女が呆れた口ぶりで。

『なら聖霊族の領土の半分』

「……?」

『聞こえなかった? 鏡光たちが持っている全ての土地の半分』

「……なんだと」

バルムンクは我が耳を疑ったことだろう。

顔を覗きこんでくる聖霊族の英雄を、これでもかと必死に見返して。

「そ、それはどういうことだ！」

大陸南部のユールン連邦を支配する聖霊族。

その半分とはつまり、聖霊族との大戦で敗れたヒトの領土が戻ってくるということ。

「……冗談はやめろ。俺はその手の嘘を好まん」

『嫌ならやめる？』

「…………」

『それだけのことをした。お前は』

「……わかった」

バルムンクが、怪訝な面持ちながらも大きく頷いた。

後方の部下たちに目配せして。

「この通りだ。今の話は俺の部下たちも確かに聞かせてもらった。この墓所を生きて出ることができたら詳しい話をさせてもらう」

『構わない』

「交渉成立だな。よし、ならば俺の上から降りろ」

『やだ』

「なぜだっ!?」

『……いや、その……もう少しこうしていたいというか……』

バルムンクの顔を覗（のぞ）きこんだまま、粘状生物（スライム）がごにょごにょと言葉を濁してしまう。

『主従関係をはっきりさせるにも、こうして鏡光（キョウコ）が上にいるべき』

「なぁにが主従関係だ！　いい加減に――――」

「いい加減に離れるのぉぉおっ！」

可愛（かわい）らしい声は、馬乗り中の六元（リクゲン）鏡光の後ろからだった。

『ん？』

「シルクパンチ！」

ぽふ……

六元鏡光の背中に、大妖精シルクの繰りだした拳（こぶし）が突き刺さる。

「いいいやぁぁぁあっっ!?　手に、手にネバネバの粘液がくっついたのぉぉおっ！」

『蛮神族？』

今ようやく気づいたらしく六元鏡光が振り向いた。

そこには、バルムンクの足下に立つ大妖精が。

「その人間からどくの！　シルクがご主人様なんだから！」

『……なに？』

「ここに来た時からシルクがずっと一緒だったもん！」

『っ！』

バッと、再びバルムンクを見下ろす六元鏡光。

いまだかつてない動揺した表情で。

『まさか……二股！』

「何の話だ!?」

『鏡光という永遠のご主人様がいるというのに、こんな異種族の主人をいつの間に！』

「お前も異種族だろうが！」

『……なるほど』

そして素早く立ち上がる。

大妖精シルクを見下ろす眼光に、大始祖にも見せなかった明確な殺気を込めて。

『どうやら鏡光がいない間に、余計なモノがくっついていたらしい。これはご主人様として直ちに排除……いやこの世からの抹消が望ましい』

「そ、それはシルクの台詞（せりふ）だもん！」

大妖精も引き下がらない。

相手は聖霊族の英雄――にもかかわらず、必死の形相で威嚇を続けて。

「さあどくの聖霊族！　ユールン連邦に帰るがいいの！」

『もちろん。ただしこのペットも鏡光の巣に連れていく。大事に世話をして面倒を見る。それがご主人様の愛というもの』

「あ、愛⁉」

『そう。鏡光とこの人間は、もはや種族の枠を超えた永遠の――――』

「なに訳分からんことを言っている！」

バルムンクが跳ね起きた。

「お前たち、この場の喧嘩は禁止だ。争っている理由も理解不能だが、そもそも墓所から無事に出ることが最優先だろうが！」

『……むぅ。確かに』

「……正論なの」

『……しばし休戦』

「……そういうことなの」

少女たちがしゅんと押し黙る。

聖霊族と蛮神族がまさかの人間に叱られて反省するという、おそらく世界の歴史上初めての出来事に違いない。

一方。

そこから離れた大広間の隅では。

「よかった。やはり命に別状はない」

ジャンヌが抱き起こしたのは、昏倒(こんとう)したままの女通信兵だ。

――魂色蝶(こんじきちょう)による洗脳。

大始祖が消え去ったことで、この洗脳もじき消えるだろう。

「サキ、アシュラン、残りの者を頼む。おそらく全員無事なはずだ。西の本部にいるミン殿もじき正気に戻ることだろう」

「アタシんとこの二人は大丈夫です！」

「こっちの二人もだ。当分目を開けそうもないけど、まあ大丈夫だろ」

「……というところだ」

響く靴音。

壁沿いを歩いていって、ジャンヌはその場に身を屈(かが)めた。

座りこんでいる花琳(ファリン)。

口元の血は自分で拭ったらしいが、それでも表情には苦痛が色濃く浮かんでいる。

「……あまり心配させないでくれ。特に、私の命令を聞かないような真似(まね)は」

「失礼しました」

花琳が、ふぅと息をつく。

「あの土壇場ですから。作戦を口にすることができませんでした。あの大妖精があした幻術を使えるとわかっての即興でしたから」

「……まったく。優秀すぎる部下にも困りものだな」

苦笑をこぼして立ち上がる。

続いて花琳（ファリン）が立ち上がろうとするのを、ジャンヌは手で制止した。

——休んでいろ。

どうせ再出発には時間がかかる。

洗脳された部下たちは七人。彼らの意識が回復するまではここを動けない。

「花琳、痛み止めは？」

「もう飲みました。軽い打撲と火傷（やけど）です。痛みが治まれば動けるようになるかと」

「薬が効くまでは絶対動かぬこと。これは指揮官命令だ」

自分の護衛に念を押して、ジャンヌはくるりと背を向けた。

「ジャンヌ様？」

「向こうの出口を偵察してくる。遠出はしないつもりだ」

ジャンヌが目を向けたのは大広間の奥だ。

隠し扉になっていたものが、今の戦闘の衝撃を受けて露（あら）わになったものだろう。

『どこへ行く？』

背中に声をかけてきたのは、聖霊族の英雄だった。

『ここは墓所の中だと聞いた。行く宛てがある？』

「いいやまったく」

思えば──

この聖霊族の英雄と言葉をかわすのは、これが初めてかもしれない。

……いつもカイやバルムンク殿に任せてたツケかしら。

……顔を合わせて話すだけでも緊張するわ。

その気になれば、この粘状生物(スライム)はここにいる全員を事もなく壊滅させてしまうだろう。

獰猛(どうもう)な獣に接する飼育員の心境だ。

「宛てがないからこそ調べにいく。すぐに戻ってくるつもりだが」

『じゃあ鏡光(キョウコ)はここで見張ってる』

「……いいのか？」

『何が』

「いや、改めて念を押すが……それは我々に協力してくれると？」

『この墓所の破壊が目的なら、それでいい』

一瞬、六元鏡光(リクゲン)がちらりとバルムンクを覗(のぞ)き見て。

『ここは鏡光が見ている。偵察してくるといい』

「そうさせてもらう。──サキ、アシュラン、同行を頼む」

「は、はい！」

「俺らお供しますんで！」

二人の部下を従えて、大広間の出口へ。

その先には何の変哲もない通路。もはや見飽きたと言っていいほど延々と歩いてきた、迷路じみた十字路だ。

ただし、ひどく薄暗い。

今までは真っ白い石材が光を放って、眩しいほどの明るさだったのに。

「何だ？　暗すぎねぇか？」

「ちょっとアシュラン、押さないでってば。いま照明つけるから！」

銃を構えた二人が一歩また一歩と、緊張まじりの足取りで進んでいく。この異様に濃い暗闇のせいで数メートル先も見通せない。

まるで、ここだけ夜になったかのような雰囲気だ。

……気のせいかしら。

……心なしか空気も冷たい気がするわ。

墓所の深部に近づいてきたから？

だとすれば、余計に気になるのがここにいない顔ぶれだ。こちらに負傷者が出たように、向こうも無事とは限らない。

「……やはりダメか。通信機は繋がらない」

通信機を手に、ジャンヌは押し殺した声でそっと口にした。

カイの居場所がわからない。

主天アルフレイヤが共にいるのなら心強いが、現状はそれさえ不確かだ。

「そうだサキ、通信を試みてほしい。私の通信機では繋がらなかったが、万が一にも……サキ？」

目を疑った。

数歩先を歩いていたはずの部下が、いない？

自分が通信機に目をやった一瞬で、先に進んでしまって闇に紛れたか？

否。

そもそも足音が聞こえない。何よりも。

「アシュラン？　おいアシュラン!?　サキ!?」

二人同時に消えた。

明らかに異常すぎる。この不気味なほどに暗い通路が罠だった？　だとすれば指揮官として取るべき選択は撤退だ。

ここに留まって二人を探索するのは危険すぎる。

……戻ったら六元鏡光がいるわ。

……あの聖霊族なら、サキとアシュランがどこに行ったのかも辿れるかもしれない。

踵を返す。

その瞬間に、通路の奥から気配がした。


〝一つ勘違い〟

〝消えたのは二人じゃない。あなたの方よ、霊光の騎士ジャンヌ〟

ぼっ、と灯る青い炎。

古くは鬼火とも称された怪奇なる炎が、ジャンヌの目の前の床に次々と灯っていくではないか。

――こっちへ来い。

自分をそう誘っているかのように。

「……罠に嵌まったのは私の方だと？」

奥歯を噛みしめる。

この闇に紛れて何かしらの法術結界が敷かれていた？

それを踏んだのはサキでもアシュランでもなく、自分だった。ここが隔離空間の中だとすれば、通路を後戻りしたところで大広間には戻れまい。

脱出するには――

その術者を倒すこと。たった一人で。

「……受けて立つとも」

自らを鼓舞するつもりで声を張り上げて。

ウルザ連邦の指揮官ジャンヌは、鬼火の灯る通路を駆けだした。

「これが私の最後の戦い。そのつもりでな！」

World.2

Chapter:

この世でもっとも美しき

Phy Sew lu, ele tis Es feo r-delis uc l.

1

白の墓所「深部」北側。

さらさらと……

通路を横断するように流れる水が、右の壁から染み出るように湧き出ては、左の壁へと吸いこまれて消えていく。

まさか通路のなかばに川があるなんて。

「……無茶苦茶だな。大始祖を倒しても墓所は墓所のままか」

不気味すぎる。

真っ赤な水の流れる小川を注意深く見下ろしながら、カイは思いきって飛び越えた。

「リンネ気をつけろよ。水に触れない方がいい」

「うん」

「何とも気味悪い川じゃの。まるで生気を感じぬ」

リンネ、レーレーンも慎重な足取りで小川を飛び越える。

その最後に主天アルフレイヤが続いて。

「光帝イフを倒しただけでは不十分か。墓所そのものの破壊がやはり必要らしいな」

「ああ、俺もそのつもりだよ」

墓所が残っていては何の意味もないのだ。

ここで四種族を解放しても、この墓所が残っているかぎり、万が一にも再び「封印」が発動されては元も子もない。

「レーレーン、まっすぐでいいのか？」

「うむ。恐らくじゃが」

エルフの巫女が、カイを追い抜いて先頭を進んでいく。

「先ほどのどでかい咆吼は、確かにこっちの方角からじゃった」

「わかった。このまま行こう」

小柄なエルフの背中に向かって首肯。

「リンネもだ。いま俺たちが合流したいジャンヌやサキやアシュランか、そうでなくても、人間らしい声が聞こえたら教えてくれ」

「――――――」

「頼むぞリンネ…………っ、リンネ？」

振りかえる。

返事がないこと以上に、後ろの足音が忽然と消えたことに対する違和感でだ。

金髪の少女がいなかった。


消えた？　いったい何が起きた？

どこかで道を間違えたとしか思えないが、それならすぐに気づくはず。

さらには大天使の姿もない。

「リンネ!?　主天も……どこへ行った!?」

「カイ！」

エルフの巫女が、歯を食いしばった。

「……消えたのはリンネでも主天様でもない。ワシらの方じゃ。隔離された！」

「何だって!?」

「済まぬ。ワシとしたことが、こんな結界に気づかぬとは……」

立ちこめていく黒い霧。

目の前の通路も壁も、みるみる闇夜のごとき暗さに塗りつぶされていく。

「網のような結界じゃ。リンネと主天様の法力はどちらも強い。その二人は網に弾かれたが、ワシらは網をすり抜けて結界の中に入ってしまったらしい……」

「弱い法力だけを捕まえる結界ってことか？」

「そういうことじゃ。この結界の中に何者かがおる」

レーレーンが身を屈めて臨戦態勢へ。

「大始祖とすれば運命竜、あるいは先ほどの切除器官か。いずれにせよ死力で構えよ。この類の結界は、術者を倒さぬかぎり脱出する術がない！」

「……ああ」

隔離された結界内――

レーレーンと背中合わせに、カイは世界座標の鍵を握りしめた。

2

ひゅぅ、と何処からともなく吹きこむ風。

真冬を想わせる極寒の風が、ジャンヌの軽甲冑のわずかな隙間を縫うように入りこみ、肌を撫でていく。

そして漆黒。

視界を塗りつぶす暗い霧がたちこめたホールに、ぽっ、と薄暗い鬼火が円を描くように灯っていく。

その環に、一人の少女が座りこんでいた。

「……人類は、希望の光を失ったわ」


金色の刺繍がなされた黒のローブ姿。

目深にフードを被ってはいるが、そのほっそりとした顎から首までの線は、男にはない少女の華奢さが滲んでいる。

「運命竜ミスカルシェロが消えてしまった。未来に向かう道しるべを、あなたたちは自ら手放してしまったのよ」

　少女が顔を上げた。

フードが跳ね上がり、三日月色の瞳に、淡い朱色の唇が艶やかに映える。

——テレジア・シド・フェイク。

シドの名を持つ少女。

大始祖とともに一度は四種族を封印した「人間の英雄」が、立ち上がった。

「指揮官ジャンヌ」

怒りを灯した双眸で。

「なんて事をしてくれたの。預言神を失った人間はどうやって生きればいいの？」

大始祖が消滅したことに対する嘆きを口にする彼女を前にして、ジャンヌは内心、自らの疑念を抑えきれなかった。

……どういうこと⁉

……彼女は、大始祖に操られていたのとは違うの⁉

預言神を名乗っていた運命竜ミスカルシェロが消滅したことで、その呪いじみた洗脳も消えたはず。

なぜ今も、この少女は大始祖に心酔しきっているのだ。

「……悪いが問答に興じる気はない」

内心の葛藤を押し隠して、ジャンヌは闇夜の奥を指さした。

テレジアの背後――

幻想的な光を放っている巨大な石柱がそこにある。

「四種族を封印したものだな。聖霊族が解放されたから残る種族のどれかだろうが」

「…………」

「破壊する」

「させないわ」

少女が、両手を広げた。

色素の薄い髪がざわりと蠢く。そうジャンヌが視認した瞬間、その額に、法術円環にも似た光の痣が浮かび上がった。

――聖痕。

人間兵器の異名を持つ少女。

悪魔族にも匹敵する強大な法力は、彼女が大始祖から授かった天恵に違いない。

だが真に刮目すべきは。

「そんな!?」

驚愕が、ジャンヌの喉を突いて出た。

「大始祖が消えたのに、なぜ法力が消えていない!?」

「教えると思う?」

両手を広げたテレジアのまわりで、指先で、ジッ、と青い火花が迸った。

「もはやあなたは人類の敵よ。許さない」

青き雷光が膨れ上がる。

その光景を目にした時にはもう、ジャンヌの全身は荒れ狂う雷の嵐に呑みこまれていた。

雷撃が軽甲冑を伝って全身へ。

「――――っ!」

引きちぎられる痛み。

脳天から足の指先までがバラバラに千切られるような鋭い激痛が、雷の嵐のなかで幾度となく繰り返される。

この雷撃から脱出しなくては。

そう意識しても、雷に灼かれる激痛で全身がまるで言うことを聞かない。

「…………くっ……は…………っ…………」

遠ざかっていく意識のなか、手にした弓矢をがむしゃらに番える。

狙うは頭上。

「祓え、月の弩よ！」

光の矢が、嵐の渦を貫いた。

吹き荒れていた嵐ごと無数の雷を蹴散らして、極大の光の矢が天井を大きく穿つ。

——雷が収束。

それを確かめる気力もないままに、ジャンヌはその場に膝をついた。

「…………はぁ……っ……ぅ…………」

吐き気が止まらない。

全身を雷で撃たれた衝撃によるものだろう。だが、これでも霊光の戦装束が雷撃のほぼすべてを吸収緩和していたはずなのだ。

これが生身であれば——

自分は、雷の嵐に灼かれて黒い塵と化していただろう。

「…………容赦ない……な…………」

「あなたは人類の敵なの。四種族を解放することで、この先どれだけの犠牲が出ると思う？　数十万人ではきかないわ」

雷が過ぎ去ったホールのなか、ローブ姿の少女が近づいてくる。

これが人間兵器テレジア。

……大始祖の力を授かった？　そんなものじゃないわ。

……大始祖の力そのままじゃない。

霊光の戦装束ですら緩和しきれない威力の雷など、上位悪魔でも決して容易くあるまい。

そんな大法術を軽々と発動し、まるで消耗した様子がない。

「……なるほど」

無理やり言葉を紡ぎだす。

全身の激痛が和らぐまでの、時間稼ぎとして。

「……それだけ……強力な力を与えられたなら……洗脳でなかったとしても、大始祖たちに忠誠を誓うのも頷ける……」

「ジャンヌ」

クスッ。

聖痕を額に浮かべた「シド」が、膝をついたままのこちらを見下ろして冷たく笑んだ。

「ずいぶんと甲高い悲鳴を漏らすのね？」

「っ！」

「まるで女みたい。いえ、もうその芝居はやめたらどうかしら？」

「…………」

「男のフリをしないと指揮官にもなれない器。それがお前の限界よジャンヌ。お前が真に人類を導く者なら、わざわざ男を装う必要もなかった。私のようにね」

無感情の声がホールに響く。

機械じみた抑揚の無さで、ただ事実だけを告げようとする声が。

「お前は、人間の英雄とは程遠い」

雪が降り積もるように深々と。

ジャンヌに向けて紡がれた。

「それともまだ虚勢を張るつもり？　無意味な男のフリを」

「……いいえ」

押し殺していた溜息を、ジャンヌはそっと吐きだした。

一人の少女としての声で。

「大きな誤解があるわ。私は一度として虚勢を張ったことはない。どんな時も私は私よ。男のフリだって……王都を取りもどした後は、正直もう誰にバレても構わないって思っていたわ」

「ならばなぜ隠し続けてきたの」

「その方が都合がいいのよ。決まってるでしょ」

膝に手をついて、よろめきながらも立ち上がる。

気を抜けば意識まで刈り取られかねない激痛に、無我夢中で耐えながら。

「女の私には、男の気持ちなんかわからない。だけど人類反旗軍(レジスト)で男のフリして男の部下たちに囲まれて……少しは気持ちがわかったわ」

「というと？」

「男はね、格好つけたい生き物なのよ」

もしも自分(ジャンヌ)が女の指揮官だったなら――

男の部下たちは、自分(ジャンヌ)を庇(かば)って自ら命を投げだす「騎士的犠牲」を取ろうとするのだ。

戦場で、女の前で格好つけて散ろうとする。

愛する女、慕う女を守ってこそ一人前の男だと。

――そうさせたくなかった。

命を投げだすな。

部下に庇われるような指揮官には、なりたくなかった。

「あなたとは違う！　私はね、ずっと仲間と共に戦ってきたの。だから私は、男を模してきたことだって恥じたりしない！」

蛮神族の弓矢を構える。

本来ならば人間には扱えぬもの。その代償となるものはジャンヌ自身の生命だ。

彼女とは違う。

こっちは命を捧げて戦ってきたのだ。意地がある。

「そっくり返すわ。一人の部下もいない、一人の理解者もいないあなたは何だというの。私を見下すあなたこそ本当は――」

「黙れ」

「っっ！……かっ……は⁉」

大気が、破裂した。

まるで風の鞭。頭から足先まで強力な衝撃波を何度も叩きつけられ、ジャンヌは受け身も取れないまま床を転がった。

「私こそが人間の指導者なのよ、ジャンヌ」

聖痕の浮かぶ少女の蔑み。

「他種族を掃討して、この地上に人間の楽土を取りもどす。お前にはできない」

「……っ……」

切った唇を拭う。

四つん這いの姿勢から、ジャンヌは再び片膝をついて立ち上がった。

まだだ。ここで倒れるわけにはいかない。

「ずいぶんな大言ね……あなた……一人でできるとでも……？」

「一人じゃないわ」

少女の冷笑。

「シドたる私には、預言神の導きが常にあるのだから」


『……そのとおりだ。テレジアよ』


亡者のごとき囁(ささや)き声。

どこからともなく響きわたったその声に、ジャンヌの全身から血の気が引いた。

「運命竜(ミスカルシエロ)!?」

ばかな。

あの大始祖は、つい先ほど六元鏡光(リクゲンキョウコ)に倒されたばかりではないか。それこそ跡形もなく消え去ったはず。

『我を抜きに、ヒトは絶望から逃れることはできぬ』

「まさか……その聖痕!?」

テレジアの額に刻まれた聖痕。

それが運命竜（ミスカルシエロ）の囁きに同調するように、弱く瞬（またた）いている。

……主天（アルフレイヤ）が言ってたわ。

……大始祖の正体は、人間に憑依（ひょうい）する法力そのものじゃないかって。

あのテレジアの聖痕だ。

運命竜（ミスカルシエロ）の本体は消滅しても、その思念がいまなおテレジアの聖痕に憑依して彼女を操っている。

「大始祖！　どこまで……どこまで彼女をもてあそべば気が済むの！」

今こそ理解した。

テレジアもまた犠牲者なのだ。

この絶望的な世界で人間の平穏を取り戻したいという、その正義感はジャンヌとて否定する気はない。むしろ同感だ。

悪魔族から王都ウルザークを奪回した時の決意が、まさにそうだった。

その美しき純真ゆえに——

大始祖に目をつけられ、そして憑依された。

「……彼女（テレジア）を返してもらうわ。今度こそお前を完全に消滅させて」

『テレジアは力を望んだのだ』

少女が目を閉じた。

その額の刻印が、あたかも目の代わりであるかのように一層強く光りだす。

『我はテレジアとともに、すべての害ある種族を滅ぼさん。その希望の象徴である』

「嘘よ！　お前こそ人間の心を弄ぶ害獣じゃない！」

『我が守護なくして、ヒトは恐怖からは逃れられまい』

「……いいえ」

唇を噛みしめ、ジャンヌは首を横にふった。

「私は恐怖とやらを恐れない」

小刻みにふるえる膝を叱咤して、その場でテレジアを睨みつけた。

月の弩を構え、矢を番える。

「私は、お前に屈服することこそを恐れる！」

放たれた神々しき矢。

漆黒の宙を切り裂いて飛ぶ法力の矢が、テレジアの掌に受けとめられた。

「……そんな、受けとめた!?」

『我が守護を貫くことはできぬ』

受けとめた矢を握るテレジアが上半身を反らした。

鎗投げの姿勢のごとく。

『六元鏡光ならいざ知らず。ジャンヌよ、お前はしょせん人間だ』

そして投げ返される。

月の弩に大始祖の力を乗じた矢が、閃光となってジャンヌを射貫く――その寸前に、ジャンヌは床を蹴って真横に飛んでいた。

――轟ッッ！

通り過ぎていく閃光の威力に、つっと冷たい汗が滴り落ちていく。切り札の矢がああも簡単に受けとめられ、それどころか投げ返された。

どうする……

自分一人で、運命竜を倒す手段が本当にあるのか？

『六元鏡光ならばこの結界を破壊する術もあるだろう。その前に』

少女の姿をした運命竜が両手を広げた。

その掌から生まれたモノは、美しい羽根をした蝶だった。

「魂色蝶……まさか!?」

『ジャンヌ。お前が必要なのだ』

冷たいものが背筋を伝っていく。

この大始祖は、自分を洗脳するために結界内に隔離したのだ。

――新たな憑依先として。

そうなれば六元鏡光への最大の抑止力になるだろう。

聖霊族の英雄がジャンヌを傷つけようものなら、ウルザ連邦の民衆たちは聖霊族に対して激怒するに違いない。

そうした人間からの報復を恐れ、六元鏡光も迂闊には手を出せないはず。

『魂を染めあげよ』

ざぁっ……耳障りな羽音を立てて魂色蝶が飛び立った。

花の大広間で旋回していた時とは違う。獲物であるジャンヌ一人めがけて何十匹という蝶が一直線に向かってくる。

「月の弩よ、撃ち落とせ！」

続けざまに放った矢が、宙の魂色蝶を消し飛ばす。

だがせいぜい二割か三割。

『それが限界』

「いいえまだよ！　私は——っ…………っか……は……!?……」

喉から溢れる熱い吐瀉物。

ジャンヌの唇からこぼれて顎に滴るそれは、真っ赤な色をした滴だった。

——生命力の限界。

短時間に四発もの矢を撃ったこと。

もはや少女の肉体は、霊光の戦装束に生命力を根こそぎ奪われていたのだ。

自滅。

そう呼ぶ以外の、何物でもない。

『ジャンヌよ死んでもらっては困る。お前はここで我が新たな――……？　どういうつもりだ？』

「……まだ……よ………」

唇の端からあふれた吐血を拭う、そのわずかな力さえ惜しむ。

ただ立ち上がる。

それだけに死力をこめて、ジャンヌは三度立ち上がった。

気道に泥でも詰められたように息が苦しい。心臓が破裂しそうなほどに激しく脈打っている。全身が寒い。凍えるほどに。

次、倒れたら。

もう起き上がることはできないだろう。

「これが最後。最後の一矢でお前を射貫くわ。運命竜ミスカルシェロ！」

霞む視界のなか。

聖痕を浮かべた少女を凝視してジャンヌは吼えた。

『その生命力であと一度撃って、何になる？』

テレジアが片手を差し向けた。

その片腕だけで矢を受けとめる気だろう。事実、先の矢がそうされたばかりだ。

「意地があるのよ」

どうか――

どうか動かないでくれ。そのまま手を構えていてくれ。

そう願い、光り輝く矢を弓に番える。

「今度こそ終わりよ大始祖！」

祈る思いで矢を放つ。

その瞬間。ジャンヌの中で、何かがぷつりと途切れた。

体勢を保っていた膝が崩れ、ジャンヌは、糸が切れた人形のように、床に潰れるように倒れていった。

月の弩は――

テレジアに刺さるどころか、その遙か頭上を抜けて後方に飛んでいく。

そして、ジャンヌは意識を失った。

『死んでもらっては困る。お前は必要なのだ、ジャンヌ』

倒れた指揮官へと近づいていく。

霊光の騎士ジャンヌを洗脳。その口から大始祖の信頼を説かせることで、地上の人間を容易に扇動できるだろう。

このジャンヌは重要な駒（ピース）なのだ。

『魂色蝶（こんじきちょう）。この人間が力尽きる前に――』

ピシッ

少女（テレジア）に憑依（ひょうい）した運命竜（ミスカルシエロ）の背後で、何かが罅割（ひび）れる音がしたのはその時だった。

ピシッ、ピシリッ

硬いものが砕けていく崩壊の音。その音を、運命竜はつい先ほども聞いていた。

『まさか！』

飛び上がるように振りかえる。

その先で――

封印石の柱に、月の弩（おおゆみ）が突き刺さっていた。

テレジアを狙ったものではない。

最後の矢が狙っていたのは、最初から封印石だったのだ。

――最後の一矢でお前を射貫（いぬ）くわ。

あれほど威勢良く発した言葉は嘘。

「……騙すのは……は……得意、なの……よ……」

うつぶせに倒れたジャンヌ。

もはや顔を上げる力も残っていないが、それでもニヤリと勝ち誇る口ぶりで。

「私が……何年、男のフリをしてきたと……思ってるの……」

『目に余るぞ、その大罪！』

少女が、倒れたジャンヌの脇腹を蹴り上げた。

その首根っこを掴み、宙へと持ち上げる。

『ジャンヌ。貴様の魂は永遠に――』

「それはお前でしょう？　よくもやってくれたわね」

とん。

テレジアの肩に誰かが触れた。と同時に迸った火花が、ジャンヌもろともテレジアを吹き飛ばした。

「あはっ。つい力が入っちゃって一緒に吹き飛ばしちゃった。ごめんなさいね。ええと、まだ生きてるかしら……ジャンニャだっけ？」

降りてきたのは悪魔の少女。

色素の薄い蒼髪に、細身ながらも妖艶な肉体を惜しげもなく晒した夢魔が、倒れたジャンヌを見下ろして。

「でかしたわ。この夢魔姫を解放した功績を称え、特別にお墓を用意してあげる」

「……だれが……ここで死ぬものか……」

「あら？　何だ生きてたのねぇ」

夢魔姫ハインマリル――

そんな彼女の後方で、月の弩によってへし折られた封印石の柱から、解放された悪魔たちの光が次々と北へと飛んでいく。

それを見届けて、ハインマリルが「ああ」と思いだしたように手を打った。

「あら、カイはどこかしら？」

「……悪魔族を解放した私を、少しは気遣ったらどうだ」

「だからお前にはお墓を用意してあげるって言っ……あ。そうだわ。ひょっとしてここが墓所とやらの内部なのね」

ホールをまじまじと見つめるハインマリル。

「ふぅん。見窄らしい結界が張ってあるわね。悪魔族の封印を守るためにわざわざ仕掛けたものかしら。ねえ？」

『………』

「どうなのよ。お前に聞いてるのだけど？」

夢魔姫（サキュバスロード）が、口から牙を覗（のぞ）かせて小さく嗤（わら）う。

自らが吹き飛ばしたテレジアへ。

「残念だったわねぇ？　あのカイならともかく、よりによってこんな女一人に封印を壊されるなんて」

『……計画は狂った。だが修正は効く』

少女（テレジア）が立ち上がった。

いや、憑依（ひょうい）した運命竜ミスカルシェロが。

『霊光の騎士ジャンヌを奪えば人間は我に手を出せまい。世界座標の鍵（コードホルダー）を持つカイとやらも、指揮官バルムンクもな』

「おばかさん。その前にお前はここでお終（しま）いなのよ」

夢魔姫（サキュバスロード）の双眸（そうぼう）が爛々（らんらん）と輝いた。

「というわけで、あとはお任せしますわお姉さま」

『っ！』

不穏なものを感じて運命竜が跳びのく。

その後ろ――

鬼火の光さえ届かない闇の中から、真白い腕が突如として飛びだした。逃げようとしたテレジアの首を掴（つか）んで軽々と持ち上げる。

『っ!?』

「程々に遊び尽くしたであろう、大始祖とやら」

もう一体の悪魔。

大人びた相貌に、ハインマリル以上に妖艶（グラマラス）で肉感的な肢体をした夢魔（サキュバス）が闇の中から姿を現した。

『冥帝（めいてぃ）ヴァネッサ……』

「もはや逃げられんぞ。余（よ）がこうして捕らえた以上はな」

凍えるほどに冷たく澄んだ美貌。

冥帝ヴァネッサ――そう呼ばれた悪魔の英雄が、掴んだ少女（テレジア）の首をきりきりと締め上げる。

『……愚かな。其方（そなた）が、この人間（テレジア）の肉体に手を出すと？』

首を絞められた少女（テレジア）が、自らの胸元に手をあてた。

自分自身を指ししめして。

『我とテレジアは一心同体なり。お前が我を滅ぼそうとするなら、この人間（テレジア）もまた滅びることは避けられない』

「それで？」

『悪魔がこの人間（テレジア）を手にかければ、どうなるかわかっていよう。ウルザ連邦の長き大戦、その再来だ』

冥帝ヴァネッサが人間を手にかけた。

その事実があれば、再び人間は悪魔を恐れるだろう。二種族の溝は今度こそ避けられぬ亀裂となって大戦がくり返されるだけ。

ゆえに手が出せない。

『どうする悪魔の盟主よ』

「…………」

『人間に手を出せば、再び五種族大戦が始ま――――』

「はっ、あはははははっ！」

嬌笑がこだました。

甘く蕩けるような声で、冥帝が突如として身体を曲げて笑いだしたのだ。こぼれ落ちんばかりに豊かな胸を大きくふるわせて。

「舐められたものね。私が何の悪魔か忘れちゃったのかしら」

ぺろり、と唇から真っ赤な舌を覗かせて。

冥帝ヴァネッサは少女の肉体に抱きついた。抱擁ではない。獲物を絡めとった蜘蛛のような勢いで。

「人間のこ、心を奪えるのはお前だけじゃないのよ？」

『〰〰〰っ!?　ま、まさかっ！』

「私のものになりなさい」

夢魔(サキュバス)の唇が艶(なま)めかしく迫る。

テレジアの額にある聖痕の上から、妖艶なる接吻(キス)が重ねられて――そのまま両者が、まるで時間が止まったかのように静止した。

やがて。

『…………っ』

少女(テレジア)の全身が、ぴくりとふるえた。

「はい、おしまい」

夢魔(サキュバス)の唇が離れる。

テレジアの額にあったはずの聖痕が、消えていた。

――洗脳の上書き。

夢魔(サキュバス)の魅了が、大始祖の洗脳を上回ったのだ。

これによってテレジアの支配権は冥帝ヴァネッサへ。

対して、支配権を奪われた側の――

実体なき大始祖は、憑依先を失って消滅した。

「…………」

床に倒れていくテレジア。

目が覚めた時には、今度こそ大始祖の洗脳も解けているだろう。

「相手が悪かったな？　大始祖よ」

倒れた少女を見下ろして。

冥帝ヴァネッサは、しっとりと濡れた唇に指をあててみせた。

「お前の敗因は、余が美しすぎたこと」

World.3

Chapter:

ヒトの望みし後来よ

Phy Sew lu, ele tis Es feo r-delis uc I.

1

白の墓所「深部」北側。

そこに到達したカイの行く手を阻むのは、異様なほどに黒い霧だった。

数メートル先も見えない。

カイはもちろん、エルフの強靱(きょうじん)な視力をもってしても見通せない。

「リンネ!?　主天(アルフレイヤ)!?……だめだ返事がない。レーレーン、もう一度聞くけど隔離されたのは俺らの方なんだな」

「見ての通りじゃや。この黒い霧が十中八九そうであろうな」

レーレーンが宙を払う。

身体(からだ)にまとわりつくようにたちこめる霧が一瞬晴れるが、すぐに充満していく。

これは何者の結界だ？

「俺の知るかぎりだけど、切除器官(ラスタライザ)がこんな術を使ったことはないはずだ……」

「となれば大始祖かの？」

あたりを窺うレーレーンの前方——

霧の向こうで、薄暗い鬼火が灯ったのはその時だ。

「光帝イフは消えた。この世の光が消えたのだ」

次々と床に灯っていく鬼火。その数が百を超え、大きな円環を描いていく。

照らしだされる大広間。

そこに、赤銅色に日焼けした傭兵がいた。

——アーカイン・シド・コラテラル。

精悍で彫りの深い顔立ちに、鋭い眉目。その声に滲む力強き威厳は、かつて出会った時にも増して凄みを感じさせる。

「……アーカイン」

「……貴様か！」

カイの隣で、レーレーンは怒りを隠そうともしなかった。

大始祖の手足となって暗躍した二人のシド。この男はそのうちの一人だ。蛮神族にとっては許しがたき怨敵だろう。

「覚えておるぞ。蛮神族が封印される直前に現れおった輩じゃな」

「――――」

「黙(だんま)りか。そのご大層な態度は、大始祖の後ろ盾ゆえじゃろうが」

「後ろ盾？　そんなものはない」

シドの名を冠する男が、吐き捨てた。

「残るは俺一人だ。何もかもが消え去った」

床を力強く踏みつけて。

「光帝(こうてい)イフと運命竜ミスカルシェロは消えた。テレジアも屈した。再び蛮神族と聖霊族、さらに悪魔族までもが解き放たれた。これで満足か？」

「……何だって」

自分(カイ)たちが解放したのは蛮神族のみ。

聖霊族と悪魔族は？

……それだけじゃない。大始祖の一体まで倒しただなんて。

……まさかジャンヌか!?

思いもよらぬ報(しら)せだ。

自分(カイ)と主天(アルフレイヤ)とレーレーンの総力でも、光帝イフとは死に物狂いの激戦だった。

運命竜(ミスカルシエロ)との戦いも死闘になる。そう覚悟していたところにまさかの吉報だ。つまり大始祖はすべて消滅した？

「悪くない報せじゃな。そして、残る一つはソレであろう？」

レーレーンの瞳に映るのは、アーカインの背後でうっすらと光輝く水晶の柱だ。

天井を支えるほど大きな封印石——

「幻獣族の封印か。ワシとしては永遠に閉じこめておきたいが、あいにくこの墓所は邪悪すぎる。放っておくわけにはいかん」

「邪悪？　真の邪悪は蛮神族（きさまら）だろう」

「……何じゃと」

「いや語弊があるな。聖霊族も悪魔族も幻獣族も」

剣呑（けんのん）な眼差（まなざ）しのレーレーンを見下ろす、アーカイン。

「四種族（きさまら）がこの地上を闊歩（かっぽ）しているかぎり、ヒトに平穏は訪れない。五種族大戦が示した数十年もの事実だ」

「ふん、それが大始祖にそそのかされた論理じゃろ？」

「違うな」

アーカインが、その両手に重厚な短機関銃（マシンピストル）を握りしめた。

白銀色に輝く銃をエルフに向けて——

「これは俺の意思だ」

銃声。

光帝イフの力を宿した白銀色の弾丸が、闇を切り裂き、エルフの胸を撃ちぬいた。

「ぐっ⁉」

「レーレーン⁉」

「……心配無用じゃ。大事な霊装に穴が空いたがの！」

七単の衣の、一番外側を脱ぎ捨てる。

大穴が空いた衣からみるみる白銀色の光が噴きだして、そして霊装がぼろぼろと崩れていく。

「その銃か。大始祖が消えたとて、その力は消えておらんようじゃの」

「いずれは消える。もう間もなくだろうが——」

大始祖の力を受け継いだシドが、再び銃を構えた。

「その前に蛮神族を駆逐するまでだ」

「もうやめろ！」

白銀色の弾丸。

再びレーレーンに放たれた弾丸を、カイの剣がなぎ払った。

「ここでアンタ一人が意地を張って何になる！」

「そう言うお前は何様だ」

エルフに向けたのと同じ殺意ある瞳が、こちらに向いた。

「この世界にあらざる人間が、何の権利を得て、この世界の行く末に口を出す？」

「……何だって」

「平穏な歴史から来た人間は知るまい。この歴史の人間がどれだけ藻掻き苦しんできたか。お前がしゃしゃり出る権利などない」

「何も違わないじゃないか！」

レーレーンを庇って一歩進みでる。

「俺はこの状況から抜け出したい。人間のためにもだ」

「…………」

「どっちの歴史も同じなんだよ。大始祖が支配のために四種族を消して、人間を洗脳する。俺はその繰り返しを断ち切りたいだけだ」

「わかっていないな」

この世界のシドが、冷ややかに息を吐きだした。

こちらに銃口を向けたまま。

「完全な平穏など存在しない。お前は、大始祖の言葉に従うのがそれほど嫌か」

「……ご免だね」

「ウルザ連邦の地下都市で、今も悪魔族におびえている民衆もお前と同意見だと？」

「っ」

「そういうことだ。支配されようが共存はできる。それが大始祖だった」

悪魔族は違う。

王都ウルザークを奪い、その他の都市をことごとく焼きつくしていった。

そこに共存などない。

「俺は、人間という種族の防衛のためにここにいる。むろん大始祖の言葉に乗りはしたが、この戦いは俺自身で決めたものだ」

「………………」

「幻獣族も聖霊族も蛮神族もだ。奴らに脅かされるくらいなら、大始祖の庇護のもとで生きる方がどれだけ平穏なことか」

「まだ気づかないのかよ！　その理屈がもう大始祖の誘いだっていうんだ！」

「それ以外に道はない」

引き金に触れる指先に、力が籠もった。

「この人類の窮地を大始祖以外のいったい誰が覆せる！　それともお前が実現するとでもいうのか！」

ピシッ

結界として張り巡らされた黒い霧が、凍りついた。

「それでいい。この主天が承認しよう」

「鏡光もそれに異論がない」

結界の向こう側からの力で破壊され、ガラス破片のごとく千々に砕けてパラパラと床に落ちていく。

黒い霧が弾けた。

そこから差しこむ光の奥から――

「カイ、無事だった!?」

「……リンネ!?」

天魔の翼を広げたリンネが、飛びつくように抱きついてきた。

「あ、エルフもいた」

「露骨に態度を変えるでない!?　ええいリンネ、お主どさくさに紛れてカイにくっつくでない。暑苦しいのじゃ！」

カイとリンネを引き剥がそうとするレーレーン。

と。

そんなリンネに続いて、六枚翼の天使が飛びこんでくる。

「すまないレーレーン。結界の探知に手間取った」

「主天様(アルフレイヤ)！……って、お主は⁉」

『む？』

さらに続いて飛びこんできた聖霊族に、レーレーンが目を見開いた。

『結界があったから破ってみれば……』

あまりにも突然だ。

真っ青な少女の姿をした粘状生物(スライム)――霊元首(れいげんしゅ)・六元鏡光(リクゲンキヨウコ)が、アルフレイヤとまったく逆の方角から結界を壊して入ってきたのだ。

『レーレーンとかいう蛮神族か。まあいい。小物だから無視でいい』

「よくはないじゃろ――……っむぐぅ⁉」

『黙れ』

レーレーンの口を塞いだ六元鏡光が、ぴちゃっ、と足音を響かせて振り向いた。

白銀色の銃を構えた男を睨(にら)みつけて。

『今はこの人間に用がある』

「……聖霊族の長か。南(ユールン)に飛ばずここに留(とど)まっていたとはな」

『ああ大始祖の配下だった人間か。お前は聖霊族の敵。この場で跡形なく溶かしつくしてやるから覚悟しろ――と』

ふぅっ、と。

怒りを静める。そんな仕草でもって粘状生物(スライム)な少女が大きく天を仰いだ。

『言うだけ言って満足した。鏡光はこれでお終(しま)い』

「……なに？」

『聞こえなかったか？　さっき、人間との停戦に異論はないと鏡光は言った』

六元鏡光がくるりと指を向ける。

自らが破壊したばかり結界の穴。光が差しこむ先から、次第に、騒がしいまでの足音が伝ってきて。

「おい、六元鏡光どこだ!?　こっちは負傷者を抱えているんだぞ！」

『この人間(ペット)に、ユールン連邦の半分を譲る』

六元鏡光が手招き。

結界の大穴から姿を見せたのは、ジャンヌを担いだ指揮官バルムンクだ。その後ろにはサキやアシュランたち。

「カイ!?　アシュランこっちよ、カイがいたわ！」

「おおっ、お前どこ行ってたんだよ。こっちはバカでけぇ竜の大始祖に襲われてとんでもねぇことにだな――」

『この通り』

十数人もの人間を前にして、六元鏡光が両手を広げた。

『この場の人間の誰一人として鏡光（キョウコ）を敵とみなしていない。鏡光も同じ。お前だけが旧（ふる）い価値観に囚（とら）われている』

「……旧いだと？」

『五種族大戦は終わった』

しん、と。

この世界のシドに向けて告げられた言葉が、暗い大広間にこだました。

『終わったのはついさっき。人間が聖霊族を解放した。その瞬間に』

「蛮神族（われら）もな」

とん、と肩に誰かが触れる。

いつしかそこには――

主天（しゅてん）アルフレイヤとエルフの巫女（みこ）レーレーンが、あたかも自分（カイ）に付き従うように後ろに並び立っていた。

「この者が蛮神族（われら）を解放した。未来永劫（みらいえいごう）、蛮神族（われら）の一人として忘れることはあるまい」

聖霊族と蛮神族。

人間の敵であった二種族の声が、重なるように響きあった。

さらには――

「悪魔族(わたしたち)も、まあ話に乗るだけならいいですよね。ねえお姉さま？」

結界が三度(みたび)砕けた。

キンッと冷たい音を立てて結界が吹き飛んで、カイの知る夢魔(サキュバス)がそこを優雅に飛び越えてくる。

「はぁい。久しぶりねぇカイ。ずいぶんぼろぼろじゃない」

「……ハインマリル!?」

「覚えててくれて嬉(うれ)しいわぁ、まあ当然だけど」

夢魔姫(サキュバスロード)が空中でくるんと一回転。

煽情的な肢体を見せつけるように、身体(からだ)をくねらせながら床に降り立って。

「ほらお姉さま。のんびりしてたから聖霊族と蛮神族に先を越されちゃいましたわ」

「どうでもいい」

結界の闇をまとわりつかせ、ハインマリル以上に妖艶で大人びた夢魔(サキュバス)が、焦(じ)らすように緩慢な足取りでやってくる。

「そして大戦もどうでもいい。余(よ)としても、今さら人間から王都(ウルザーク)を奪い返そうという気もない」

「……馬鹿な！」

シドの名を冠する男が、大きく表情を歪ませた。

短機関銃を握る手をふるわせて。

「悪魔が？　冥帝ヴァネッサよ、暴虐の化身たる貴様が牙を収めるというのか！」

「牙も何も」

悪魔の英雄があっけらかんと肩をすくめて。

「聖霊族と蛮神族が乗るというのだ。余だけが反旗を翻してみろ。悪魔族だけが孤立して四種族を敵に回すだけであろう？」

「……あの悪魔族までもが。闘争本能よりも利を取るか」

アーカインの冷たい溜息。

この場に集まった、姿も思想も寿命も異なる者たち――

人間を。

蛮神族を。

聖霊族を。

悪魔族を。

それぞれを、無感情なまなざしで一瞥して。

「だが足りない」

この世界のシドは、喉の奥から絞りだすようにそう吐きだした。

握りしめた銃で――

そびえたつ封印石を指し示す。

「お前たちの理念をこの幻獣族が解するわけがない。あいつらはしょせん低脳な害獣だ。大地を踏み荒らし、食い荒らして、他種族を蹂躙することしか頭にない。交渉などという選択肢が奴らに通用するわけがな――」


〝おいおい？　いつお前が、我の代弁をする権利を得た？〟


声は、頭上から。

アーカインの見上げる封印石から、高らかに響きわたった。

「なっ⁉」

「幻獣族の長はお前じゃないよ人間。――我だ」

アーカインが咄嗟に跳び退く。

その直後、天井を支える巨大な封印石が、縦に真っ二つに罅割れた。

否。引き裂かれた。

深紅の毛並みをした赤獅子の爪の一撃で。

「ははっ！　なるほどなるほど！」

高笑いを響かせ、獣人がアーカインめがけて急降下。

――怪力乱神。

この世ならぬ規格外の強さを秘めた牙皇ラースイーエが。

「ラースイーエ⁉……ぐっ……！」

「おっと捕まえた。動くんじゃないよ人間。我がちょっと力をこめたら、お前の首なんて小枝みたいに折れてしまうからね」

アーカインの首を片手で締めあげる、獣人。

その光景に目を奪われ、ここにいる者のほぼすべてが言葉を失った。

い、いい、いい、どこから現れた？

見てのとおり幻獣族は封印されていた。なのに牙皇ラースイーエが封印石の外にいるのはどうしてだ？

「そうか……」

この場の全員を代弁し、カイは一歩前に出た。

「ラースイーエ、お前だけは最初から封印されてなかったんだな」

「へえ、なぜそう思う？」

「お前の背中に憑いているソレだ」

ずるり……と。

赤獅子の背中から剥がれ落ちていく「怪物」に、リンネが小さく悲鳴を上げた。

「い、いやっ！」

「ああ気になるかい。もうこいつは機能停止しているよ」

足下に倒れた一体の切除器官。

そう。

牙皇ラースイーエがかつて自らと同化させた個体だ。

〝我は、世界が滅びようと幻獣族だけは救ってみせる〟

〝そのためにコイツを我が身に同化させる。人間が『移植』と呼ぶ概念だ。幻獣族の因子が共通しているなら繋げられるはず〟


それが――

ラースイーエの肉体から分離し、さらさらと砂と化していく。

「なあアルフレイヤよ」

「……っ、貴様。よくも私の前に堂々と現れたものだな！」

名指しされた天使が顔を歪(ゆが)めた。

そう。アルフレイヤにとって、この牙皇(ラースイーエ)は因縁浅からぬ怨敵だ。

「お前がしたことを私が忘れるとでも……」

「ははっ。まあそう睨(にら)むな。我とお前は同じ境遇なんだから仲良くしよう」

「何？」

「封印から免れただろう？　切除器官(ラスタライザ)に石化されたお前だけは墓所に封印されなかった。そういうことだよ」

「……っ！」

聡明(そうめい)な天使は、その一言でたどり着いたに違いない。

カイと同じ結論に。

「そういうことか……大始祖の封印が発動する瞬間——取り憑(つ)かせた切除器官(ラスタライザ)に命じて、お前は自らを石化させていた！」

「ご名答。無座標化(ゼロコード)というやつらしい」

標的を異次元に放りこんで消去(デリート)する。

大始祖によって五種族が封印されるのを悟った瞬間、牙皇(がおう)ラースイーエは自らを無座標化(ゼロコード)で消し去ったのだ。

そして封印を免れた。

主天(しゅてん)アルフレイヤとまるで同じ状況だ。

「だからアルフレイヤ、言っただろう？　我は、幻獣族だけは救ってみせるとね」

「……お前」

切除器官(ラスタライザ)との融合はそのためだった。

幻獣族の英雄は、この未来を読んで動いていたのだ。たとえ幻獣族が封印されようと、単身この墓所に乗りこむために。

「とはいえ石化からの蘇生(そせい)に時間がかかったのは計算外でね。その分、お前はよく動いてくれたよ。我の代わりに」

「お前の代わりじゃない」

ラースイーエの皮肉交じりの労(ねぎら)いに、カイは真顔で応えてみせた。

「俺自身のためだ」

むろんカイとて驚きだ。

大始祖の封印を、まさかこんな手法で免れた者がいようとは。

……だけど納得もできる。

……大始祖を誰より憎んでいたコイツなら、それくらいの事はやりかねない。

歴史を歪(ゆが)めた――

その元凶となった大始祖を誰より憎んでいた牙皇(ラースイーエ)だからこそ、誰よりも執念深く、用意周到に策を張り巡らせていたのだろう。

「あとはお前だよ。この世界のシド」

首を締め上げた人間を、愉快そうに見上げる獣人。

「お前の首」

「……………」

「取らないでおいてやってもいいよ」

「………な……に……？」

「大始祖が消えて機嫌がいいのさ。我の気が変わらぬうちに消えな」

アーカインの身体が宙を舞った。

幻獣族の膂力ではるか奥の床に叩きつけられて、暗闇の中へと消えていく。

やってくる気配はない。

この場で挑んでも無理だと撤退したか、それとも――

「思い直してほしい。そう願うばかりだな」

ジャンヌを抱えたままのバルムンクが、苦々しく呟いた。

「俺とてそうだ。半年前なら奴となんら変わらぬ堅物だった。だからこそわかる。奴は、ただただ人間を救いたい一心で戦っていただけだろう。俺と奴の違いは、それを大始祖に利用されたかどうかに過ぎん」

「……彼女もそうだったのでしょうね」

弱々しい声で、ジャンヌが小さく言葉を継いだ。

「誰よりも純真で強い使命感を、大始祖に逆に利用されてしまった。それも時間が経てばわかってもらえるはず」

大始祖は消えた。

その憑依から解放されたことで、シド二人にも少しずつ変化はあるだろう。

と——

「ああそうそう。その件だよ人間」

牙皇ラースイーエが荒々しい笑みを浮かべ、自分へと振り向いた。

「大始祖を倒したらしいじゃないか。本当は我が切り刻んでやりたいところだったけど、まずまずのお手柄だ」

「褒美をくれるっていうのか？」

「構わないよ。そうだねぇ……」

獣人が腕組みして考える素振り。

ややあって。

「お前が一番望んでそうなのは不戦か。何年がいい？」

「百」

「いいよ」

幻獣族の英雄が迷わず首を振る。

あまりにためらいのない即断のせいで、提案した側の自分(カイ)が疑いたくなるほどだ。

「気前がいいんだな」

「すべてが上手(うま)くいったらの話さ。あと一つ大事な後始末が残ってる」

ラースイーエがくるんと背を向けた。

真っ暗闇の結界の向こうを、睨(にら)みつけるように凝視して――

「大始祖は消えた。封印されていた種族たちも解放された。それじゃあ足りないんだよ。我らの歴史を歪(ゆが)みに歪ませた世界輪廻(りんね)が残ってる。そうだろう人間(カイ)?」

「……ああ」

「それを片付ける大仕事が残ってるのさ」

『どうすることもできませんよ。今すぐ世界は壊れてしまうから』

ホールにこだましたものは、どこか哀愁を孕(はら)んだ女声。

それを聞き間違えるはずがない。

「……アスラソラカ!?」

最後の大始祖。

いや大始祖を騙っていた世界種の声が、地底から響いてくる。

「どこだ！　俺は、お前にどうしても聞かなきゃいけないことがある！」

『ふふ、とても喜ばしい――』

「アスラソラカ！」

『もうじきです。ようやく私たちの悲願が叶いそう』

うっとりとした声で。

歌い上げるような女神の宣言が、墓所の奥深くでこだました。

『消えていった世界種たちの復讐の慟哭で、世界を壊してしまいましょう』

World.4

Chapter: 悲しき命

Phy Sew lu, ele tis Es feo r-delis uc l.

1

下層に続いていく坂道。

複雑怪奇な迷宮だった十字路から一転して、ただ下っていくだけの直線。それもゾウの大群が行進できそうなほど広い下り坂だ。

「ジャンヌ、大丈夫か？」

「…………」

「おいジャンヌ!?」

「…………大丈夫……には程遠いな……」

バルムンクに背負われたジャンヌの、擦(かす)れた吐息。

ぐったりと目を閉じているのは、いまも意識が朦朧(もうろう)としているからだろう。

「少々……格好をつけすぎた……」

「なに言ってるんだ。ジャンヌのおかげだよ」

自嘲じみた笑みのジャンヌに、カイは真顔で首を横にふった。

——たった一人で悪魔族を解放した。

それも運命竜(ミスカルシエロ)の怨念が憑依(ひょうい)したテレジアを相手にだ。その凄(すさ)まじい武勲に、カイはもちろん主天(アルフレイヤ)やレーレーンさえ驚きを隠せなかった。

「本当は、あとは俺たちに任せて休んでてほしいくらいだけど」

「……断る」

「言うと思ったよ」

「……当然だ」

バルムンクの背中で、ジャンヌがくすっと微苦笑。

「……ここまで来て私だけ退場できるか。それに……私が重傷なら、花琳(ファリン)だって……」

「ジャンヌ様と比べれば私は軽傷です」

間髪いれずに応じたのは護衛の花琳だ。

こちらもアシュランの肩を借りながら、一歩一歩、ぎこちない足取りでかろうじて前に進んでいる。

裏を返せば、歩くだけでも精一杯に違いない。

……当然だ。あの大始祖(バケモノ)と戦ったんだから。

……運命竜(ミスカルシエロ)との戦いで、ジャンヌも花琳も限界に達してる。

「ジャンヌよ」

カイの隣を歩くレーレーンが、やや呆れたような口ぶりで。

「主の健闘は称えるが、やはり蛮神族の法具を人間が使うのは限度がある。主の矢はもう二度と使うでない」

「……今日のところは？」

「生涯じゃ」

「……これは……手厳しい、な」

「安心せい。使う必要がなくなる。この墓所を破壊すればそれで終いじゃろ」

そこまで言って――

エルフの巫女が、ふしぎそうにバルムンクを見上げた。正確には彼の頭上をだ。

「ところでシルク？　お主、どうしてそんな場所にいる？」

「見晴らしがいいの」

バルムンクの頭上にちょこんと座った大妖精。

「ここがシルクの席」

「……俺は許可した覚えがないがな」

当のバルムンクはむすっとした不機嫌面だ。

なにしろ重傷のジャンヌを背負っている上に、大妖精が頭に乗っかっているのだ。歩きにくいことこの上あるまい。

「いい機会だ、チビそろそろ降りろ」

「やだ」

「なぜだ!? おい、お前が頭の上で騒がしいせいで――」

『そう。今すぐ降りるべき』

ほとんど独り言めいた小声。

だが有無を言わさぬ圧力に満ちた声で、六元鏡光がぼそりと呟いた。

『誰がこの人間のご主人様かわかってない。この人間に最初に目をつけたのは鏡光だと、一万年前の壁画にもそう記されている』

「お前の嘘も大概にしろ!?」

『まったく埒が明かない。――そこの天使』

「……」

数メートル先を歩いていた主天アルフレイヤが、一瞬、その足を止めた。

あくまで視線は前を向いたまま。

「私のことか?」

『このちっぽけな妖精を即刻下ろすべき』

「勘違いしてもらっては困る。この場の我々はあくまで対等。私が、お前の要求を無条件で聞くことはできない」

『勘違いはお前。主天アルフレイヤ』

真っ青な少女が、背を向けたままの天使を指さした。

『お前は鏡光に命を救われた。その借りを鏡光に返す時が来た』

「……？」

『お前が石像と化した時のこと。異空間にいた石像(おまえ)を切除器官(ラスタライザ)から取り上げて墓所の外に逃がしてやったのが鏡光。これは大きな貸しと言える』

「……何だと？」

アルフレイヤが怪訝(けげん)そうに眉をしかめた。

石化していた本人は知るよしもあるまい。ちなみにカイもそう言われるまで忘れかけていたが、事実である。

〝鏡光(キヨウコ)たちが逃げて墓所までおびき出す。それで倒せばいい〟

〝石像(ソレ)、持っていくといい〟

六元鏡光と初めて出会った日のことだ。

両者のやり取りを聞いていただけの自分(カイ)としても、よくもまあ咄嗟(とつさ)に思い出せたものだと感心してしまう。

「……よく覚えておるの。ワシもすっかり忘れておったわ」

「レーレーンよ。今の話は」

「あー……まあ間違ってはおりませぬ主天様」

『ふふん？』

粘状生物の少女が、馴れ馴れしくもつんつんと天使の脇腹を突いてみせる。

おそらく催促のつもりなのだろう。

『さ、この借りを鏡光に返すべき』

「……人間の頭から降りろシルク。今回は蛮神族の敗北だ」

「いやぁぁぁぁっっ!?」

バルムンクの髪にしがみつく大妖精。

それを無理やり引っ張るのが六元鏡光で、結果的として髪を引っ張られてバルムンクが悲鳴を上げる。

そんな賑やかな光景を後目に——

「楽しそうですわねぇお姉さま」

「どうでもいい」

妖艶な悪魔二体が、まるで我関せずといった足取りで進んでいく。

「騒がしいなら黙らせますよ？」

「どうでもいい。それよりも……だ」

より大人びた方の夢魔(サキュバス)――冥帝(めいてい)ヴァネッサが、右腕にあたる配下をちらりと見やって、そして不審げに目を細めてみせた。

「ハインマリル」

「はい」

「お前が引きずっている人間は何だ」

冥帝(ヴァネッサ)の足下には、ハインマリルに腕を掴(つか)まれて引きずられた傭兵(ようへい)がいる。オレンジ色の髪をした少女である。

「私のオモチャですわ。ねぇサキちゃん？」

「いぃいぃいぃやぁぁぁぁぁっっ⁉」

「そんな嬉(うれ)しがってくれるなんて嬉しいわぁ。久しぶりの再会じゃない」

サキの手を掴んで離さない。

ちなみにサキ本人は嫌だ嫌だと首を振っているのだが、ハインマリルはますます楽しくて堪(たま)らなさそうな反応だ。

「やっぱりサキちゃんが一番ね。他の人間はおびえるだけでつまらないし」

「アタシだってそうよ⁉」

「サキちゃんは夢魔(サキュバス)好みの声と匂いだから。夢魔(サキュバス)の巣に来たらモテモテね」

「今までの人生で一番聞きたくなかった褒め言葉だわ!?　あああ、もう床を引きずるのはやめてぇぇぇっっっ！」

悲鳴を上げながら床を引きずられていく少女（サキ）。どうしよう。さすがに救出すべきだろうか。そんなことを考えている間に。

「なあ世界座標の鍵（コードホルダー）の人間」

獣の吐息が、カイの耳元に吹きこんできた。

「……俺か？」

「お前、どんな姑息（こそく）な手を使ったんだい」

振り返るまでもない。

その体温を感じるほど近い距離に、真っ赤な獣人が並び立ってきた。

「蛮神族も聖霊族も、それに悪魔族まで人間と平気で話してる。お前たち種族単位で滅ぼしあってはずじゃないか。どうやって懐柔した？」

「ただの貸し借りだよ」

今この場の平穏は「借り」で成り立っている。

人間が四種族を解放したという「貸し」があるから、どの種族も人間に対して一時的に牙を収めているに過ぎない。

「それでも一歩前進だろ。今までと比べれば」

「……拍子抜けだ」

牙皇ラースイーエがそっぽを向いた。

毒気を抜かれたと言わんばかりに。

「仲良しごっこには興味がない。というわけだよ『ごちゃまぜ』。ああいや世界種か」

ラースイーエが振り返る。

数歩後ろから、この獣人の一挙一動を監視していたリンネに向けて。

「そう睨むな。この人間を今すぐどうこうする気はないよ」

「……カイから離れて」

「はいはい」

リンネに睨みつけられた牙皇が、その場で床を蹴る。

無音の跳躍――

小猫のように軽快な跳躍であっという間に十メートルほど先へ。その勢いで、下り坂をどんどんと先へ進んでいく。

「……カイ、平気だった?」

リンネの小声。

と思いきや、不満げにぷくっと頬を膨らませて。

「わたし、あの幻獣族好きじゃないよ。何するかわからないし」

「俺だってそうさ。でも今だけは……」

心強い。

強さはもちろん、大始祖の封印さえ逃れる周到さを持ち合わせた英雄だ。この場かぎりとはいえ、これほど心強い味方はいない。

「これは俺の勘だけど、この奥が墓所の最深部になってる気がする」

「うん」

「そこにアスラソラカがいる」

「……うん」

リンネの二度目の相づちは、一度目より幾分遅かった。

世界種という種族——

リンネにとっての唯一の同胞（なかま）が、この奥で待ち受けている。

ただし。

その真意は、いまだカイにもわからない。

〝消えていった世界種たちの復讐（ふくしゅう）の慟哭（うた）で、世界を壊してしまいましょう〟

……あれはどういう意味だ。

……何かとてつもなく嫌な感じがした。あの笑い声を聞いた瞬間に。

悪寒が止まらない。

ようやく大始祖二体を倒して、四種族も解放できたのに。

そんな必死の足掻き(あがき)の何もかもがぐしゃぐしゃに踏みにじられてしまうような、不穏な予言に聞こえたのだ。

「ん？　これは？」

先頭の牙皇(がおう)ラースイーエが、足を止めた。

見上げるほどに巨大な扉。堅く閉ざされた扉の開け方はおろか、鈍色(にびいろ)に輝くこの金属の材質もわからないが。

「これで障害のつもりかい？　どきな」

ラースイーエの拳(こぶし)が、その壁を吹き飛ばした。

轟音(ごうおん)とともに扉が閂(かんぬき)ごと真っ二つに砕け、無数の金属片となって床を転がる。その先に、まぶしいほどの煌(きら)めきが見えた。

「リンネ」

吹き荒れる砂塵(さじん)のなか、カイはリンネと自然と顔を見合わせていた。

「いこう」

「……うん！」

同時に前へ。そして――

眩しき黄金の大聖堂。


煌めく床。

壁は絢爛なステンドグラスで彩られ、さしこむ陽光を七色に輝かせている。天井には、カイが見たこともない装飾画。

『ここは、大始祖のための聖堂でした』

左右の壁に置かれたパイプオルガン。

その荘重な自動演奏のなか、女神の声がこだました。

『ただ私が陣取ってしまいました。ここが一番、あなたを迎えるのに良さそうでしたので』

「……アスラソラカ」

『もうお気づきかもしれませんね。大始祖の正体は思念体でした。神代の昔に肉体が潰え、それでも消滅を拒み、法力そのものとなって漂い続けてきた』

黄金色の空間の奥――

燦々と差しこむ陽に照らされて、巨大な女神像が厳かに佇んでいた。

頭からローブをかぶった女性の像が。

『思念に巣くう。憑依(ひょうい)や洗脳という言葉でも良いでしょう。いずれにせよ、大始祖たちが一番利用しやすいのが人間だったのです」

だからこそ預言神と名乗った。

人間にとっての神と認知されることで、より受け入れられやすくなるために。

『もう、どうでもいいですが』

突き放した声音。

それがアスラソラカなりの、大始祖との離別の宣言に違いない。

『光帝(こうてい)イフも運命竜ミスカルシェロも消えたのですね。彼らの選んだ「シド」たちも消え、この墓所もだいぶ静かになりました』

「……慌てないんだな」

自分(カイ)から数歩も離れていない後方。

そこには烈火のごとき憤怒を湛(たた)えた者たちがいる。

六元鏡光(リクゲンキヨウコ)、冥帝(ヴァネッサ)にハインマリル、レーレーンもそうだ。この場の誰もがアスラソラカによって封じられた。

主天(アルフレイヤ)や牙皇(ラースイーエ)も同じ感情だろう。

この二体は封印こそ逃れたものの、同胞たちが容赦なく封じられたのだから。

——許しがたき敵。

今はまだ緊張を保っているが、この場の誰がいつ怒りを爆発させるかはカイにも読めない。止めることもできないだろう。

……なのにどうしてだ？

……なんでアスラソラカは、こんなにも平然としてられる？

得体が知れない。

『気になりますか？』

「っ」

『いいですよカイ。もう隠す必要もなくなりました。そう。一時(いっとき)こそ大始祖を名乗っていましたが、私はあの二体と目的がそもそも別でした』

「……それは、俺も何となくわかってる」

光帝(イフ)と運命竜(ミスカルシエロ)の企み(たくら)は、この地上の独占的支配にある。

だがアスラソラカは世界種だ。

五種族がいないと存在できない種族なのに、なぜ大始祖と結託して四種族を封印しようとしていたのか。

「大始祖と協力してたことにも別の理由があるってのも想像ついてる」

『その理由とやらを知りたいと？』

「いいや」

試すような口ぶりの女神像へ、カイは首を横に振ってみせた。

「そっちじゃないんだ。大始祖に協力した動機よりも、聞きたいことは幾つでもある」

『いいですよ』

大聖堂に響いたのは、自嘲まじりの承諾だった。

『あなたを騙していたことへのお詫びです。嘘偽りなく答えましょう』

「これだけは最初にハッキリさせたい。アスラソラカ、お前はどうして、リンネをこんな目に遭わせたんだ」

『……………』

石の女神像がふるえた。

そう捉えた自分の目は錯覚かもしれないが、いま確かに、世界種アスラソラカに変化が生じた気配がした。

『一番答えにくいことを聞かれてしまいましたね……』

微苦笑。

それから数秒の間を空けて。

『一言で言うなら「邪魔」だったから』

「……お前っ⁉」

『リンネ、あなたに世界輪廻の妨害をされたくなかったのです。だからあなたには消えてもらいたかった』

カイが横顔を向けた先で――

「…………っ……」

リンネは、声も出せずに震えていた。

その唇が小刻みに何かを呟(つぶや)こうとしても、言葉にならない。

捨てられた。

きっとリンネはまだ、心の奥のどこかで同種族(アスラソラカ)に情を捨てきれていなかったのだろう。

世界にたった二体の世界種なのだから。

それが、まさか――

世界種(なかま)から「邪魔」呼ばわりされるとは。

「アスラソラカ！」

リンネの肩に手をかけて、カイは代わって声を張り上げた。

「同じ世界種(なかま)じゃないのか⁉　たった一体の！」

『そうですよ』

「なら、どうしてそこまで無慈悲になれる！」

『見ている理想が違うのですよ』

穏やかな答え。

大いなる慈しみさえ感じさせる、その声のままに。

『世界種はね、呪われた種族なんです』

「……どういう意味だ」

『生まれた時から運命づけられているのですよ。切除器官という憐れな姿になることを』

「切除器官、か……！」

やっぱりそうなのか。

石の女神像からの言葉に、カイは奥歯を噛みしめた。「そうだったのか」という納得では収まりきらない苦々しい感情が込み上げていく。

「……俺たちが見てきたあの切除器官は、元々はすべて世界種だったんだな」

『なれの果てですよ』

切除器官の異形は、無数の種族が「ごちゃ混ぜ」になったもの。

どこかリンネの面影がある——

そう感じた自分の直感は間違っていなかったのだ。

『世界種は嫌われ者です。悪魔族も蛮神族も幻獣族も聖霊族も人間もそう。どの種族からも不気味がられ、除け者にされてきました。わかりますかカイ？　複数の種族の因子を持っているからこそ危険視されたのです』

「……五種族大戦のせいか？」

『そうです』

悪魔族からは、蛮神族の翼があるから敵と見なされ。
蛮神族からは、幻獣族の牙があるから敵と見なされ。
幻獣族からは、聖霊族の臭いがするから敵と見なされ。
聖霊族からは、悪魔族と同じ法力器官があるから敵と見なされ。
人間からは、背中の翼のせいで化け物だと恐れられた。

五種族大戦下で――

世界種は、すべての種族にとっての「敵」だったのだ。

『私はずっと逃げていました。でも大陸のどこに逃げても必ず何かの種族に見つかって、そのたびに敵視され傷ついてきた。……そしてある日気づいたのです。私の肉体が徐々におかしくなってきたことに』

肉体の異形化。

アスラソラカのいう切除器官(ラスタライザ)への変化だろう。

『それも五種族大戦が理由でした。五種族が争い続けることで、私の体内にある五種族の因子まで争いを始めたのです。……でも、こうなるとわかっていました。だって私の前に生まれてきた世界種たちもみな同じでしたから』

呪われた種族。

アスラソラカがまず真っ先にそう喩えた意味を、この場の誰もが理解した。

世界種は――

どの地にいても他種族から敵と見なされ、見つかれば攻撃され、逃げ続けるしかなく。

やがて異形の切除器官へと変貌していく。

『なぜ生まれきたのでしょうね世界種』

石の女神像からこぼれる、自嘲の声音。

『異形の化け物になる運命しかないのに。ただ苦しむためだけに生まれてきたこの運命を許せない。苦しみながら異形化していった仲間たちのために私は復讐しなければならないのです。思うさま壊してしまいたい』

「……五種族をか」

『いいえ、カイ』

女神像がクスッと嗤った。

『世界種を生んだこの世界が一番憎い。だから壊すのですよ』

世界そのものへの復讐。

それが意味するものは――

「だから世界輪廻だったのか！」

『そう。歴史の上書きなんてしょせんは一時的なオマケです。世界輪廻がもたらすものは、より美しい結末ですよ』

「…………」

『そしてもう止められません。つい数日前のこと。カイ、あなたなら「二度目」の発動が見えたはず』

この墓所に突撃する前のこと。

死火山に現れた大始祖たちによって四種族が封印されて、リンネが消滅した日。

自分は確かに見た。

空の色が、不気味な斑点模様に塗り替えられていく光景を。


〝世界種■■■が消滅。世界輪廻への干渉危険性『ゼロ』と判断〟

〝世界の『上書き』を継続する――〟


『世界の上書きは、もう間もなく終わります』

自分に宛てたものではない。

この場にいるすべての者たちに向けての宣告。

『そして私が墓所に残っている理由でもある。私はね、ここでその時間稼ぎさえできればよかったのです』

「そうだとしてもバカだね、むざむざ現れて」

炎が灯った。

ゆらめく炎を眼光に宿して、牙皇ラースイーエが足を踏みだした。

「それだけ嬉しそうに語るということは、つまりお前が元凶なんだろう？」

『私を倒せば世界輪廻が止まると？　残念ながら否定します』

「——いずれにせよ貴様の話は聞き飽きた」

腕組みをほどいた冥帝ヴァネッサが、その横に並び立つ。

「塵と化せ。貴様はこの世界にいらぬ」

『一縷の望みにすがりたい気持ちもわかりますが、やっぱりあり得ません。……ふふっ。あは……あはははは…………！』

女神の声にまじる嬌笑。

その唐突な変貌ぶりを異常と察するより早く——

ぞっ、と。

カイの全身に過去経験したことのない、未曾有の怖気が過っていった。

寒気ではない。

これは死臭だ。

生けるものすべてに恐怖をもたらす死の予感。

『ふふっ、あぁおかしい……私は無理だって言ったのに。世界輪廻は止まらないのに……だって、だって何よりも！』

『五種族ごときが私を倒せるわけないというのに』

地が、割れた。

猛烈な破砕音をまき散らし、石の女神像の立っていた床が罅割れていく。

大広間の床が陥没する？

「下がれ！」

リンネの手を取って跳びさがる。

「な、何だ⁉　何が起きている……うおっ⁉」

『いいから下がる』

ジャンヌを抱えたバルムンクを放り投げたのは六元鏡光。

サキとアシュラン、さらに人類反旗軍の傭兵たちが大広間の端まで避難するが、彼らが再び顔を上げた時にはもう、女神像は消えていた。

「……落ちていった？」

真っ黒い大穴。

大広間の床が突如として罅割れて、そこに落下していった？

いったい何が起きたのか。

あまりに常軌を逸した現象に誰もが言葉を失うなか――

轟ッ！

獣か悪魔か、それとも天使か、精霊か。

数多の生物の咆吼がいりまじった雄叫びが、床の大穴から吹き上げた。

「う、うわぁぁぁぁぁぁぁっっ⁉」

傭兵の一人が悲鳴。

ずるり、と。

黒い大穴から這い上がってきた未曾有の「怪物」を直視したがゆえの、拒絶反応が悲鳴として喉から溢れ出したのだ。

世界種アスラソラカ。

否。

切除器官アスラソラカの顕現を――

この世でもっとも悲しき生命（いのち）が、這（は）い上がってくる。

金色の髪は、蛇のように蠢（うごめ）く触手状。

裸の上半身はうっすらと竜の鱗（うろこ）に覆われて、腹部には幻獣族さえ一呑（ひとの）みにできそうなほど巨大な口と歪（いびつ）な牙が。

腰から下は大蛇のような足のない胴体。

それがまさしく大蛇のように滑（ぬめ）りを帯びて蠢いているではないか。

唯一――

その顔だけが、寒気を覚えるほどに美しい。

『……理解不能』

六元鏡光（リクゲンキヨウコ）の唖然（あぜん）とした呟（つぶや）き。

『……なんだこの生き物は。世界の常識を、理（ことわり）を、たった一体で覆（くつがえ）すつもり？』

そう。

ただ巨大で不気味だからではない。

そんなありふれた恐怖の範疇（はんちゅう）ではない。より本能的な、自分の内にある魂そのものが怯（おび）え竦（すく）んでいく禍々（まがまが）しき重圧感。

対峙（たいじ）しているだけで、こちらの命を根こそぎ吸い取られていくような――

世界の敵（ワールドエネミー）。

この怪物と比するなら、大始祖さえも可愛（かわい）く見える。

「あれ？」

ハインマリルが首を傾（かし）げた。

その唇を、初めて味わう恐怖という感情に戦（おのの）かせながら。

「ヴァネッサお姉さま、これ思ったより旗色悪いですわ。多勢に無勢でつまらないと思ってたけど」

「想定外だな」

悪魔を統べる首領の声が、擦（かす）れていた。

「余（よ）の初体験だ。戦わずして済ませたいと思ったバケモノは」

「…………」

誰もが、無言で唾を飲みくだす。

全身にのしかかる未曾有（みぞう）の「死」の緊張に、喉がからからに渇いて言葉が出ない。

それはカイも同様だ。

世界種アスラソラカは切除器官（ラスタライザ）だと、なかば確信に近い予感と決意を抱いていたはずなのに、その何もかもが軽く吹き飛んだ。

「……これが……お前なのかアスラソラカ」

『はい。今まさに私の肉体は、切除器官(ラスタライザ)への変貌を終えようとしている』

神さえ恐怖を覚えるような外見で。

慈愛に満ちた女神(アスラソラカ)の声がした。

腹部に空いた、どす黒い口の奥から、なんと美しい声が響くことか。

『醜いでしょう？　五種族の調和、その象徴であるはずの世界種(わたしたち)は、五種族大戦が続く歴史では生きていけないのです。そして苦しみながら変貌してしまう』

ぎろりとその場を見下ろす。

アスラソラカの眼光にあてられて、リンネがびくっと痙攣(けいれん)した。

『リンネ、これがあなたの未来です。あなたもいずれこうなる』

「うそ！　嘘(うそ)……だ……ってこんなの……」

『本心で言いましょう。私があなたを消滅させたのは世界輪廻(りんね)の邪魔だったから。だけど、あなただけはせめて世界種のまま美しく消えて欲しかった』

「……………うそ……こんなの……」

『だから言ったのに。あのまま消えていた方が幸――』

「違う！」

奥歯を噛(か)みしめ、吹き荒れる波動に向かってカイは叫んだ。

「消えた方が幸せだなんて、それで本当にリンネが笑えるのか、か、か、か！」

『……何ですって？』

「俺はまだ何も諦めちゃいない。今までが全部そうだった。楽な戦いなんて何一つなかったからな！」

リンネを救うことも——

世界輪廻を止めることも——

何か手があるはずなのだ。未来に繋ぐための可能性は消えていない。

『その根拠があるのですか？』

「ある！　アンタが言ったことだアスラソラカ。『私は、こ、ここでその時間稼ぎができればいいかった』ってな」

『——』

「まだ時間はあるんだろ？」

何気ない一言のつもりだっただろう。勝利を疑わない絶対強者が、弱者を突き放すための宣告だったに違いない。

だが、それこそが光明なのだ。

「そこをどけ！　いや、どいてくれ！」

瞬きさえ惜しんで見上げる。

切除器官へと変貌してしまった世界種を。

「リンネのこともそうだ。俺には……アンタがどうしても諸悪の根源には思えない」

『世界輪廻を企てた元凶なのに？　あなたを騙していたのに？』

「ああそうだ」

『…………………』

「アス――」

『ごめんなさい』

天魔の翼。

リンネの十倍近い大きさの翼が、あたかも断頭台の刃のごとく振り下ろされた。

「カイ危ないっ！」

「ぐっ……う……!?」

リンネに突き飛ばされて、リンネと共に床を転がる。

破砕。

大聖堂の床を粉砕した天魔の翼が、ゆっくりと持ち上がる。

『カイごめんなさい。あなたとの語りはふしぎと時間を忘れてしまう。私の中で何かが揺らぎそうになる』

「……アスラソラカ！」

『だから私は、もうあなたの言葉は聞けません』

怪物が蠢(うごめ)きだした。

蛇の下半身がとぐろをまいて、天井にまで届く高さの頭部がこちらを見下ろす。

『せめて、たっぷり愛(め)でてあげましょう』

戦線布告ならぬ愛玩布告。

すべてを超越した異形の女神が——

『最後に一つ。こういう言い方は好きではないですが』

クスっと。

その血に混じる悪魔の邪悪さを含ませて、口にした。

『本気の私は、有史以来すべての生物を超越します。だから……愛でるつもりで、壊してしまったらごめんなさい』

World.5

Chapter:

終わりなき無有愛アスラソラカ

Phy Sew lu, ele tis Es feo r-delis uc l.

1

クーレンマデル電波塔——

広大な草原に囲まれたシュルツ人類反旗軍の本部であり、幻獣族に対する人類の生命線となっていた拠点である。

その執務室で。

「…………まだか」

東の指揮官ダンテは、夕陽が沈んでいくのを苛立ちまじりの表情で見つめていた。

「ツェフヴェン」

「まだ連絡はありません」

部屋の中央に立つ老兵が、応じた。

参謀ツェフヴェン・バッケンハイ。

イオ人類反旗軍の部下たちの信頼も厚い、ダンテの右腕にあたる傭兵だ。

「ジャンヌ殿、バルムンク殿をはじめとした連合軍が墓所に到達して、これで六時間超となります。あのピラミッドの内部がどれだけ複雑だろうと、十分な探索ができる時間が既に経過しています」

「そんな事はわかっている。だから聞いたのだろうが」

もう間もなく日没だ。

ダンテ自身が予測した制限時間（タイムリミット）がじきにやってくる。

「陛下が危惧されているとおり、ここは元より西（シュルツ）の本部。ミン指揮官と部下たちを縛り上げて我々が占領したとなれば、西（シュルツ）の民衆が黙っていないでしょう」

「で？　その肝心の民衆たちは？」

「本部の入り口にわずかずつ人集（ひとだか）りができ始めています。ミン指揮官が現れるはずの時間に現れないことへの、不信感かと」

「……ちっ。予想どおりだな」

つい昨晩のこと。

蛮神族の協力を得たダンテは、指揮官ミンや部下たちを拘束した。西（シュルツ）の傭兵たちが大始祖に洗脳されたことが判明したからだ。

「この洗脳を解くには大始祖を倒すほかない。そう言ったのはお前たちだったなジャンヌ、バルムンクよ……だから急げ」

大始祖の討伐が間に合わなければ――

指揮官ミンの不在を不審に思った民衆が、本部(ここ)になだれ込んでくるだろう。

そして倒れた指揮官ミンを発見する。

となれば悪逆扱いされるのは間違いなく連合軍(じぶんたち)だ。民衆の怒りは指揮官ダンテに向けられる。

「……ちっ」

何度目かもわからない舌打ちを繰り返した。

まさにその直後。

「陛下！」

イオ人類反旗軍(レジスト)の部下の一人が、息を切らせて部屋に飛びこんできた。

「ミン殿が目覚めました！」

「もう麻痺(まひ)花の毒が切れたか。おい、寝ている妖精どもをたたき起こせ。西(シュルツ)の傭兵(ようへい)どもが一斉に暴れだしたら厄介だ」

「……い、いえ、それが……」

部下が口ごもる。

「何だ。俺は焦(じ)らされるのが大嫌いだと言ったはずだが」

「……洗脳が……解けているようなのです」

「何だと!?」

「隣の大ホールです！」

椅子を蹴り飛ばして走りだす。

外の通路へ――

報告半ばだった部下を執務室に置き去りにして、ダンテは、参謀ツェフヴェンとともに隣室のホールに駆けこんだ。

「いったいどういうことだ！」

「………あ……あの……ダンテ殿……？」

ホールの中央には、縄で手足を拘束された少女がいた。

指揮官ミンストラウム・シュルテン・ビスケッティ。もう何時間も床に寝かせられていたからだろう。茶髪が寝癖のように大きく反り返っている。

「あたし、どうして捕まってるんでしょう？」

「……覚えがないのか？」

「はい？」

少女が目をぱちくりと瞬かせる。

歯を剥きだしにして威嚇してきた――大始祖に洗脳されていた時の豹変ぶりが、何もかも嘘のような愛らしい顔つきでだ。

「お、覚えって？」

「指揮官ミン。お前は大始祖に洗脳されて奴隷同然だった。……それとも、そのあどけない反応も俺を騙すための演技か？」

「……なっ⁉」

「だとしたら大したものだ。その若さで。ゆくゆくはさぞ名のある悪女だな」

「で、ですから何の話ですか⁉」

床に転がっている少女が、精一杯の表情で叫んだ。

「あ、あたしが洗脳されていたですって……」

「覚えもないか？　いつ術中にはまったか心当たりさえないか？」

「え……ええと、急にそんなこと言われても……」

茶髪の少女が口を閉じる。

ダンテやツェフヴェン、それに東の傭兵たちが見守るなかで。

「あたしは……白の墓所の監視に出ていました。あの中に四種族が封印されたと聞いて、でもあたしは墓所のカラクリもよく知らないし……とにかくあのピラミッドの外側だけでも調査しなくちゃって」

「そこまでは真っ当な判断だ。それで？」

「……そこまでです。そこから……記憶が飛んでます……」

白の墓所に近づいた。

そこでミンの記憶が飛んでいるということは、その接近時を狙って襲われたということなのだろう。

「……まずまず間違いないか」

ぼそりと呟いて。

「ツェフヴェン」

「はっ」

「この淑女の縄を解いてやれ。部下はまだだ。それと、こちらからジャンヌとバルムンクに通信を送れ。『でかした』と」

「っ、ということは……」

「大始祖が消えた。そうでなければ説明はつかん。あとは封印された四種族が解放されたかどうかだな。俺としては封印されていて欲しいのが本音だが。いずれにせよ洗脳が解けたのならば吉報だ」

小さく安堵の息を吐く。

指揮官ミンの洗脳が解けたのだから、ジャンヌやバルムンクも無事である可能性が高い。

あとは通信が繋がれば――

「い、嫌ぁっっ！」

ホールの隅から悲鳴が生まれたのは、その時だった。

「なんだ？」

ダンテが振り向いた目の前で——

九体の大妖精たちが、壁際に寄りそって一斉に屈んで震えだしたではないか。

何だ？

昨晩からの作戦で消耗しつくし、今の今まで石のように眠っていた大妖精たちが？

怯えている？

「おいどうした。何があった」

「…………」

「黙っていてはわからん。この場の指揮官は俺だ。お前たちが蛮神族であろうと今は俺に報告するのが筋だろうが」

「陛下！」

部下の一人が、新たにホールに走りこんでくる。

「また報告事か？　それともジャンヌかバルムンクから、大始祖を倒したから褒めてくれとでも催促がきたか？」

「……い、いえ……墓所についてです！」

「墓所がどうした？」

「これをご覧ください！」

小型の映像端末。

ダンテが覗きこむ画面には、荒野のなか聳え立つ白いピラミッドが映っていた。

「墓所だな。それがどうした」

「……たったいま、現地の調査グループから送られてきた映像です」

「だから、それが――」

画面が「血」に染まった。


墓所の壁を食い破り、夥しい鮮血色の閃光が噴きだした。


「……なっ!?」

墓所が膨れ上がった。

そうダンテが認識した直後のことだ。まるで風船のように外壁の一部が膨らんで、そこから鮮血色の閃光が放出された。

飛沫か？

それとも光か？

どろどろ、に。

おぞましい血色の光が噴きだした外壁が溶けていく。それだけではない。空に噴き上がった閃光が雲に触れた瞬間、その雲さえも弾けるように消え去ったのだ。

吹き飛んだのではない。

消去された。

「…………何だ……あの気味悪い光は……」

映像端末を握るダンテの手が、じわじわと寒気に覆われていく。

わからない。

ただの映像を見ただけなのに、なぜ額に汗が浮かび上がってくるのだ。

嫌な予感がする。

大始祖を倒して洗脳を解いた。そんな吉報を無に帰すような、かつてない悪寒が。

「お前たち！」

映像端末を投げ捨てて、ダンテは背後に振り返った。

直感で理解した。

怯える妖精たちは、コレを感じ取っていたのだと。

「いまの気色悪い閃光は何だ！　墓所の中でいったい何が起きている！」

「…………」

「答えろ！」

「………………怖い」

「なに？」

「……愛(め)でられるのは嫌。壊されるのも嫌。……主天(アルフレイヤ)しゃまも……みんな……みんな……」

あの怪物から逃げて……早く…………」

「……どういう意味だ」

大妖精たちの怯えは止まらない。

墓所の中でいったい何を「視(み)た」というのか。

2

『ふふ……あはは……っ…………』


異形の女神アスラソラカ――

ずる。ずるり、と。

大蛇の下半身が床を這(は)って、あたかも巨大な壁のように迫ってくる。

『さあどうしてあげましょう』

眼下に集った五種族の精鋭たちを、見下ろして。

女神(アスラソラカ)は妖艶に笑っていた。

『恥ずかしながら、私、少し興奮しています。こんなに多くの生き物を愛でられるなんて。

とても幸せ』

「……このバケモノがっ！　いや、バケモノという言葉でも足りんぞこいつは！」

奥歯を噛(か)みしめるバルムンク。

「……バルムンク殿……私を下ろしてく……」

「バカをいうなジャンヌ殿。お前はまともに動ける状況で――」

『ああ、もう我慢できない』

女神(アスラソラカ)からこぼれる熱い吐息。

それを見上げるカイたちの眼前で、女神(アスラソラカ)の腹部に生えた「口」がすべてを呑(の)みこむような大きさまで広がった。

何十本と生えた牙の奥に、ゾッとするほど鮮明な紅血色の粒子が収束していく。

みしっ

空間が歪(ゆが)んだ。極大を超えた力の収束に干渉されて、世界の物理法則までもが歪められていく。

『この法力……墓所の全出力、いやそれ以上？』

「ありえない！　これが、一体の生命が持てる力(エネルギー)だというのか!?」

六元鏡光(リクゲンキョウコ)、アルフレイヤが身震い。

『さあ、受けとめてくださいね』

わたしの愛で染まってください　血よりも赤くなるように
Phy Sez miel Eeo noi Sec lishe, ria Ez cia nes ful thac calra.

無尽無情無際限なる「赤」。

女神（アスラソラカ）の腹部にある口から放たれたものは竜の息吹（ブレス）ならぬ、愛の吐息（ハミング）だった。

この世でもっとも歪んだ吐息（ハミング）——

歪んだ愛がもたらす愛憎が、鮮血の塊となって撃ちだされた。

「っ！」

誰よりも早く反応したのは悪魔族。

四種族でもっとも法術に長けた種族だからこそ、これが「触れてはならぬ」禁術であると、本能で理解した。

「きゃっ？」

「サキちゃん退（さ）がりなさい！」

人間（サキ）を突き飛ばしたハインマリルが、両の翼を広げて宙へ舞う。両手に結界らしき光をこめて、血色の奔流を受けとめる。

「こんなものすぐに弾（はじ）いて…………え…………？」

止まらない。

弾き返すどころか空中で圧されていく。それだけではない。血色の吐息に触れている両手がみるみる変色していっているではないか。

浸食されていく。

「お、抑えられ……そんな……この私が?…………」

血色の光が夢魔姫を覆いつくす。

その寸前に。

ハインマリルの背に密着したもう一体の悪魔が、鮮血色の光を受けとめた。

「ヴァネッサお姉さま!?」

「ぬうううううっっっっっっ!」

冥帝ヴァネッサの額から噴きだす汗。

悪魔の英雄が、あの麗しい微笑さえもかなぐり捨てて、歯を食いしばり、そして吼えた。

「……調子にのるなゲテモノがっっっ!」

ゴッ!

噴き上がる光。

最上位悪魔が二体がかりで投げ飛ばした血色の吐息が、大きく逸れて大聖堂の天井を灼き貫いた。

墓所の壁も外壁も。

何もかも溶かしていく光が、地底から空へと昇り、そして空をも灼き焦がす。

「バルムンク指揮官、それにアシュラン！」

ぱらぱらと石片が舞うなか、カイは声を張り上げた。

「ジャンヌと花琳(ファリン)をできるかぎり遠ざけろ！　今すぐにだ！」

この場の誰もが理解しただろう。

女神(アスラソラカ)は歪(ゆが)んでいる。

強さも、そして「愛(め)でる」という言葉の意味さえも。

……何もかも破壊しつくすぞ。

……本当に、こいつ一体で地上の何もかもが虐殺されかねない！

させるものか。

ここまで死力を尽くして戦ってきたジャンヌや花琳を、この女神(アスラソラカ)の贄(にえ)にさせるわけにはいかない。

「後退だ、総員急げ！」

叫んだのは指揮官バルムンク。

ジャンヌを背負って率先して走りだす。そこに続くのが南(ユールン)の傭兵(ようへい)たち。そして花琳を背負ったアシュランも。

「おら走るぞサキ。花琳様、ちゃんと掴(つか)まっててくれよ！」

『鏡光(キョウコ)がついていく。こっちは心配ない』

その最後尾を担う六元(リクゲン)鏡光。

『だから死ぬな』

「……ああ。当然だ」

世界座標(コードホルダー)の鍵を構え、カイは頷(うなず)いた。

——そうさせてくれる相手かどうかは、わからないけどな。

血色の吐息(ハミング)を前にして動悸(どうき)が鎮まらない。あの殺気と圧力に、心臓が鷲(わし)づかみにされている錯覚さえある。

「…………感謝……なさい……」

血の閃光(せんこう)を受けとめた夢魔姫(サキュバスロード)が、その場に弱々しく膝を突いた。

「ハインマリル!?」

「……なによその表情(かお)…………こんなの、全然……余裕に決まってるでしょ」

その両手には毒々しい呪血の斑点。

悪魔さえ呪われる呪術に冒されて、もはやピクリとも両腕が動かない。

「……ただ……ちょっと……回復に時間かかるだけよ………」

「……余(よ)の生涯、最大の屈辱だ」

倒れたハインマリルの隣。

荒々しい息をつき、冥帝ヴァネッサはかろうじて自力で立っていた。ただし、こちらの両手も呪血の斑点に取り憑かれて動かない。

「こんなバケモノに舐られるとはな……」

『ふふ、さすがは悪魔の首領。今ので壊れないのは流石ですね』

うっとりとした口ぶりの女神。

弄ぶ。

まるで小動物を愛でるような、憐れみと愛しみのまなざしで。

『ますます虐めたくなってしまう。いけませんね。私の中の悪魔族か、それとも幻獣族か。この衝動を抑えきれない』

「……レーレーンよ」

そんな暴虐の女神から離れた大聖堂の隅で。

主天アルフレイヤが、傍にひかえるエルフの巫女にそっと囁いた。

「次にあの光を撃たれて、其方の衣で受けとめることができるか」

「力及ばず」

自らがまとう七姫守護陣の裾を掴んで、レーレーンが唇を噛みしめる。

「ワシの衣を百枚重ねてもできる気がしませぬ……」

「其方が詫びる必要はない」

そのレーレーンの肩にそっと触れる大天使。

もう片手に、指揮棒（タクト）を忍ばせて。

「事はひどく明快だ。つまるところ、次にあの口から光を放たれたら私たちは全滅する。ゆえに撃たせる前に倒す。見ろ、奴（やつ）はまだ――」

「――隙だらけだよ女神（アスラソラカ）」

『なっ？』

女神アスラソラカの巨体が、ビクンと跳ねた。

一体いない。

大聖堂の全域をほぼ丸ごと視界に収めているにもかかわらず、一体、大聖堂に声が響いているのに姿が見えないのだ。

『私の頭上（うえ）？』

「でかい図体（ずうたい）だ。それに見合うだけ死角も多い」

女神（アスラソラカ）の誤算。

まさか。あの吐息（ハミング）を放った瞬間を逆に狙う者がいようとは。

『ラースイーエ！』

女神が仰ぐ天井、そこに——

大聖堂の天井まで一跳びで跳び上がった紅蓮の獣人がいた。

「その醜い姿のまま朽ちな」

牙皇の爪が、女神の背中を深々と切り裂いた。

戦車の装甲をも引き裂く爪が、背中の鱗を弾き、ぶあつい皮膚を抉ることで痛々しい傷をつくりだす。

『……っ』

悲鳴はない。

だが女神が背筋を大きく逸らしたことが、何よりも明確な「痛み」の証。同時に、その足下で主天アルフレイヤが腕を振り上げた。

「暇は与えぬぞ、怪物！」

天使の至宝。

——楽聖『見よ、裁きの光の栄光を』。

大聖堂に降りそそぐ雷撃が何百もの閃光に分裂し、女神の脳天から背中へと伝わり、牙皇が切り裂いた傷口をさらに灼く。

『……ああ痛い……でも私の背中は……』

「ぐっ⁉」

轟ッ！

牙皇ラースイーエが大聖堂の壁にめり込んだのは、その直後だった。

『正面よりも獰猛ですよ、ラースイーエ』

女神の天魔の翼が振り下ろされ、空中にいた獣人を壁に叩きつけたのだ。

『次はあなたです』

女神の下半身にあたる大蛇の尻尾がずるりと蠢いて。

そして掻き消えた。

「伏せろレーレー……っっが……は……！……」

「アルフレイヤ様!?」

幻獣族の巨体さえ一巻きで絞め潰すであろう尾になぎ払われ、主天アルフレイヤが血を噴きだして宙を舞う。

『ああごめんなさい。そっと撫でるつもりがつい力が込もってしまった。幻獣族と違って蛮神族は脆いのでしたね。潰れてしまいましたか？』

女神の冷笑。

床に転がる天使には目もくれず、残虐な瞳がレーレーンを愛しげに見下ろして。

『エルフ』

「……ひっ!?」

『ああそんな怖がらないで。なるべく優しく愛(め)でてあげますから。なるべくね』

巨大な手を差しだす女神(アスラソラカ)。

その爪が、まるで鞭(むち)のごとく大きくたわんだ。蔓(つる)のようにしなやかに伸びてレーレーンの全身に絡みつく。

粘状生物(スライム)のように変幻自在にだ。

「……まさか爪だけが聖霊族か!? ぐっ、触れるでないバケモノ!」

「動くなレーレーン!」

返事を待つ余裕もない。

レーレーンの全身を絡めとる爪めがけ、カイは両手に握る剣を振り下ろした。

——世界座標の鍵(コードホルダー)。

手応えはない。

何かを斬った。そんな感覚さえないままに、透きとおる陽光色の刃(やいば)が女神アスラソラカの爪を両断していた。

「……なんと!」

「離れろレーレーン、絶対こいつに近づくな!」

……やっぱりだ、この刃は届く。

……世界種(リンネ)の剣だけは、間違いなく女神(アスラソラカ)にだって通じる。

世界種と切除器官(ラスタライザ)は、表裏一体。

ゆえに世界座標の鍵(コードホルダー)こそが女神(アスラソラカ)への最大の切り札となる。

『ごめんなさい』

悲しげな声。

その声の意味を理解する間もなく、カイの視界がぐるりと旋回した。

──転倒。

女神アスラソラカの尾に薙(な)ぎ払われた。

それをかろうじてカイの脳が認識できたのは、自分が大聖堂の床に倒れた激痛によるものだ。

『世界座標の鍵(コードホルダー)ならば私に通じる。その通りです。だから私は、あなたからその剣だけは取り上げなくてはなりません』

「…………ぐ……っ……ア……スラ…………！」

『さあ剣を手放すのです。いまの私は力加減がうまくない。抵抗すればあなたの腕を引きちぎってしまうかも』

「…………」

『カイ、いい子だから』

「…………いい子だって、……？」

煌めく世界座標の鍵を床に突きさす。

今のはアスラソラカの精一杯の手加減——それでも人間は、大型車に跳ねられたかのような衝撃で意識が一瞬消し飛んだ。

人類庇護庁の戦闘衣でなければ、この身は弾け飛んでいたに違いない。

あまりに違う。

この女神にとって、自分など所詮「かわいい小動物」なのだ。

手加減しなければすぐに壊れてしまう。

その程度の玩具。

「そうやって甘い響きで欺し続けてきたんだろ。俺だけじゃない、預言者シドも！」

『——』

「シドは、アンタを最後まで……慕ってた……はずだ。それを踏みにじる時、アンタはどんな気持ちでいたんだよ！」

『残念です』

女神が片手を突きだした。幻獣族の因子——粘状生物と同じく伸縮自在の爪が大きくしなり、前後左右から襲いかかってくる。

霞む視界。

床に叩きつけられた衝撃で混濁する意識。歯をくいしばって、それでも世界座標の鍵を振り上げようとした瞬間。

カイの前に、誰かが飛びこんだ。

『……ああそうでした』

爪がぴたりと止まる。

カイを貫きかけた爪を受けとめた少女を見下ろして、アスラソラカはわずかに醒めた声でそう言った。

『あなたがいましたね。リンネ』

「…………」

もう一体の世界種であるリンネが、異形の女神を無言で見上げていた。

怒り、ではなかった。

嗚咽を堪えるような、張り裂けそうな表情で。

『その目はなに?』

「……わたしと同じ」

絞りだすように口にする。

一言一言を、血を吐き出すように。

『?』

「……わたしも……カイと会うまで……みんな嫌いだった。悪魔族も聖霊族も蛮神族も、幻獣族も人間もみんな嫌いだった。わたしは……わたしのことも好きじゃなかった……。

あなたの目は、昔のわたしと同じ気がする……」

『同情のつもりですか』

「違うの！」

淡いグラデーションの金髪を振り乱して、少女は叫んだ。

「あなたの目的なんてわたしは興味ない。世界種がどうとかどうでもいい！　ただ一つ、あなたの我が儘でみんなを傷つけないでほしいだけ！」

『みんなとは？』

「あなたが傷つけたもの全部。わたしには大切なものだから！　わたしだって、あなたがわかってくれないなら本気で怒る！」

天魔の少女が、天を仰ぐがごとく両手を広げた。

「わたしのすべてで！」


──『世界種』因子、最終覚醒。


光が聖堂に満ちていく。

リンネの背中で、天使と悪魔からなる天魔の翼が、空気が弾ける音とともに二倍近くに巨大化した。

さらに額や二の腕にも、うっすらと光る紋様が浮き上がっていく。

——翼の肥大化は「幻獣」の顕現。

——身体(からだ)の内から光る器官は、「聖霊」の顕現。

悪魔族と蛮神族。

さらに幻獣族と聖霊族の特徴が、いっそう強くリンネの肉体に顕(あらわ)れていく。

「なっ!?　なんじゃリンネその姿……!?」

レーレーンさえ知らない。

この場で知っているのは自分(カイ)、そしてこのリンネと激突した冥帝(ヴァネッサ)のみ。

いや。

誰よりもこれを熟知している者がいる。女神アスラソラカなら、あるいはリンネ以上にこの形態を知っているに違いない。

が。

『――――』

女神が立ち尽くす。

淡い輝きに包まれた少女を見下ろして、そして。

『リンネ……あなた……………………

「……あなた、その姿はいったい何ですか」

喉を震わせて吼えた。

信じられない。困惑さえ滲ませた声音でもって。

『……信じられない……まさか、あるというの。世界種に、切除器官以外の進化が！」

切除器官のおぞましき姿。

それは世界種が孤独なまま消滅し、怨念となったものだ。

ならば、もしも。

誰かが世界種に希望を与えることができたのなら。

誰かが世界種の隣にいてやることができたのなら――

未来は変わる。

〝俺がいる〟

〝……そんなことわたしに言うの、カイが初めて〟

たどり着いていたのだ。最初から。

世界から忘れられた少年が――

世界から拒絶された少女を助けたあの時から、未来は変わっていたのだ。

福音進化。

リンネがたどり着いたのは、切除器官と対をなすもう一つの祝福の進化。

『そんな……うそっ………がっっっっ!?』

破裂音。

幻獣族の膂力を得たリンネの拳が、女神の下半身にあたる大蛇の尾にめりこんだ。その拳を中心に、法力を集約した大爆発が巻き起こる。

『…………リン……ネ。その力……!』

「アスラソラカ!」

蝶のように色鮮やかな光の軌跡を描き——

地を蹴るリンネが、叫んだ。

「もうやめて!　あなたが何もかも壊そうとする姿は、悲しいだけだから!」

『……目障りなのはあなたです!』

振り下ろされる天魔の翼。

蛮神族最強の一撃「天軍の剣」にも並ぶ破壊力を秘めた翼が、リンネもろとも大聖堂の床を木っ端微塵に吹き飛ばす。

が。

吹き上がる瓦礫の中にリンネはいなかった。

消し飛んだのは、法力で生みだしたリンネの分身。

『悪魔の幻惑系(エンチャント)⁉』

消えた。どこだ。

ここが大聖堂という密閉空間であることを、女神(アスラソラカ)は初めて悔やんだ。

あまりに狭い。

幻獣族をも凌駕(りょうが)するこの巨体は、咄嗟(とっさ)に動こうとすれば周囲の壁が邪魔になる。

「こっちよ」

声は、真下から。

一切の反応を許さない超高速移動。宙に飛び上がったリンネの拳(こぶし)が、女神(アスラソラカ)の顎を砕かんばかりに突き上げた。

が。

『……つかまえた』

「なっ⁉」

『「影の幽獄」よ。縛りつけなさい』

空中でぴたりとリンネが静止。

まわりの大気が歪(ゆが)み、無数の幽体(ゴースト)じみた半透明の塊が、リンネのまわりをぐるぐると囲んで飛びまわる。

『聖霊族の結界です。あなたも使えるでしょうが、そう容易く抜けだせませんよ』

女神が再生していく。

リンネに殴られた顎も、爆炎で灼かれた大蛇の尾もだ。人間が見れば恐怖さえ覚えるであろう速さで細胞が復元されていく。

『リンネ、あなたはやはり不要です。あなたを見ていると…………』

この世でもっとも邪悪な「口」が開いていく。

女神アスラソラカの腹部で、無数の牙が歪に生えた口腔がリンネに向かって開かれるや、そこに血色の輝きが収束。

『私は、とても苛々する！』

Ply Sez miel Eeo noi Sec lishe, ria Ez cia nes ful thac calra.

無尽無情無際限なる「赤」――

女神の腹部から放たれた血の吐息が、聖霊族の結界もろともリンネを消滅させる。

その刹那に。

「……わたしだって、あなたにだけは負けたくないっっっ！」

リンネの全身に浮かんだ光の文様が、強さを増した。

パンッ

渇いた音だけを残して、聖霊族の結界が弾（はじ）け飛ぶ。

『まさか!?』

「うっ、あぁぁぁぁぁぁぁぁぁぁぁっっっっっっっっ……!」

鮮血色の吐息（ハミング）を両手で掴む。

触れるものすべてを溶かし焼きつくす血の吐息（ハミング）に全身を灼（や）かれながら、リンネが目を見開いた。

世界種（リンネ）と女神（アスラソラカ）。

共通の力を有し、と同時に相反する属性であるからこそ。

そして投げ返す。

「ああああああああああっっっっっ!」

血の吐息（ハミング）を、女神（アスラソラカ）に向けて。

『ぐぅっっっ!?』

女神（アスラソラカ）が両手を交差させる。

完全無敵のはずの存在が選択した、たった一度の防御の構え。真っ赤な吐息（ハミング）に紛れて、リンネの姿が掻（か）き消える。

それこそが――

「アスラソラカ！」

宙を舞うリンネが両手を天へ。

その両手に、陽光色に輝く透きとおった小さな刃が生まれた。世界座標の鍵が大剣なら、リンネの手に生まれたものは小刀。

――世界座標の栞。

燦々と煌めく刃を両手で握りしめ、リンネが宙から急降下。

『その刃は……』

「お願い、もう止まってアスラソラカ！」

世界種と、世界種であったもの。

二つの影が交わって――

カイが見たものは、女神の胸に突き刺さったリンネの小刀だった。続けざまに太陽のごとく眩しい大爆発。

「や……やりおった……のか……！」

強烈な光を、固唾を呑んで見つめるレーレーン。

目の前が真っ白になるほどの莫大な光の奔流が、すべてのエネルギーを放出し終えて、ゆっくりと消えていく。

元の明るさに戻っていく大聖堂。

カイとレーレーンが見上げた、そこには――

女神に、鷲づかみにされたリンネがいた。


『……惜しかったですね』

さしずめ獲物に巻きついた大蛇のよう。

数十倍であろう体格差と膂力の差で、掴んだリンネを片手でぎしぎしと締めつける。

「……ど、どうし……て……」

全身を締めつけられたリンネさえ、勝負は決したと確信しただろう。

小刀は確かに女神を貫いた。

リンネの持てる力すべてを結晶化させた刃で、なぜ倒れない？

『執念ですよ』

「っっっ！」

『もう私しかいないのです。私を除くすべての世界種たちが、この世界を恨んで消滅していきました。その復讐を遂げるまで倒れるわけにはいかない！』

「……かっ……痛っ……や……やめ………」

リンネの口から悲鳴。

それすら心地よさそうに、女神（アスラソラカ）の巨掌がさらに締め付けを強めていく。

「くそっ、リンネ⁉」

「おのれ怪物、理不尽すぎるぞ、いったいどこまでバケモノか……！」

世界座標の鍵（コードホルダー）を右手に、カイはレーレーンと共に駆けだした。

右から自分（カイ）が。

左からレーレーンが。

『失（う）せなさい』

そのどちらもが、女神（アスラソラカ）の放った衝撃波に薙（な）ぎ払われた。

何の術式でもない。

極限まで高まった女神（アスラソラカ）の力が、鎌鼬（かまいたち）にも似た鋭い風となって吹き荒れたのだ。

腕を裂かれ——

足を裂かれ——

あるいは床に頭から叩（たた）きつけられて、二人が倒れる。

「カイ⁉　カイしっかりして！　レーレーンも⁉…………っ……ぁ……」

『お終（しま）いです』

リンネへの締め付けが、さらに強まった。

みしり、と。

リンネの全身の骨が悲鳴を上げるなか、女神(アスラソラカ)の力は無尽蔵に強さを増していく。

「…………か…………は…………」

『リンネ、あなたはずるい』

女神(アスラソラカ)の唇から呪詛(じゅそ)が漏れた。

『その眩(まぶ)しき姿……私と何が違うというのです！　こんな、切除器官(ラスタライザ)に変貌するしかなかった私と……！』

その言の葉に。

怒りと憎しみと嘆きと妬みと、そしてこの世のあらゆる「負」を込めて。

『無座標化(ゼロコード)。ここで消えなさい』

身動きできないリンネを取り巻く無数の黒渦。

もう幾度となく目にしてきた。

切除器官(ラスタライザ)だけに許された禁術。一度は主天(しゅてん)アルフレイヤを完全消滅させた、この世から生命を切除する悪夢の術。

「……い、いや……いやぁぁぁあっっ！」

黒い渦がリンネにまとわりつく。

その渦が触れた部分から、リンネの身体(からだ)が消しゴムで消すかのように削り取られていく。

『なるほど』

女神（アスラソラカ）が憎ましげに目を細めた。

リンネの肉体がわずかながら再生しつつある。命を削りとる死の禁術に、リンネの命が必死に抗（あらが）っているのだ。

『あなたのその形態、無座標化（ゼロコード）への耐性も強まっていると。……わかりました。ならば、――大始祖アスラソラカが命じる。墓所よ、起動なさい』

ぎちっ。

大聖堂の壁が罅（ひび）割れた。

その亀裂めがけて女神（アスラソラカ）がリンネを叩（たた）きつけた。

『墓所よ、その贄（にえ）を永遠に磔（はりつけ）になさい。決して逃がさぬように』

「……や、やめ……何なのこれは!?」

リンネが壁に拘束されていく。

壁の亀裂から飛びだした鋼鉄のワイヤーが、首や両腕、両足に次々と絡みついていくではないか。

『私が大始祖を名乗っていた時の名残です。この墓所は私の命令も受け入れる……ふぅ、少々手間取りましたね』

女神（アスラソラカ）の巨体がぐらりと傾いた。

大聖堂の壁に手をかけて、荒々しい吐息を何度も吐きだして。

『これですべて片付いた。あとは見届けるだけ。世界輪廻(りんね)の事象が世界を呑(の)みこむまで、あと――――……っ？』

コツッ

その幽(かす)かな足音を敏感に聞き取って、女神(アスラソラカ)が顔を上げた。

立っていたのは一人の少年。

陽光色に輝く剣を支えに、全身の震えに苛(さいな)まれながら、それでも女神(アスラソラカ)を見上げる目には何一つ迷いなき光が燃えている。

『カイ、あなた……』

人間を見下ろす。

そんな女神(アスラソラカ)の声には、今までになかった苛立(いらだ)ちがこめられていた。

『いい加減しつこいですよ』

「………」

『私があなたを可愛(かわい)がっていたのは、世界種のリンネにあなたが優しく接してくれていた。そのよしみ。でも、それもお終(しま)いなのです』

リンネと女神(アスラソラカ)は決別した。

だから、リンネに優しく接していた人間(カイ)を優しく扱うこともやめる。それが何を意味するかは明白だ。

女神(アスラソラカ)はもう、人間(カイ)に対しても容赦はない。

『私を見上げるその目は何ですか。リンネから世界座標(コードホルダー)の鍵を託されたゆえの自負ですか？　あなた一人で、何かできるとお思いですか』

「いいや全然」

降りそそぐ女神(アスラソラカ)の声を浴びながら。

カイは、世界座標(コードホルダー)の鍵を床から引き抜いた。

「いつだってそうさ。俺が一人で何かを成し遂げたことなんてない。ただ女神(アスラソラカ)、アンタに伝えなきゃいけないことがある」

『？』

「諦めてないのは、俺一人じゃないってことを」

ぽちゃん……

天井から滴(したた)り落ちる水滴が、女神(アスラソラカ)の足下に落ちて小さく跳ねた。その水滴が集まって、徐々に泉のような水溜(みずた)まりとなっていく。

それが――

わずかに粘りを帯びた水であることに、女神(アスラソラカ)は気づかなかった。

『沈め』

『……これはっ⁉』

女神(アスラソラカ)の下半身が、水溜(みずた)まりの中に沈みこんだ。抜けだそうと暴れるも、糸を引くほどに強力な粘液のせいで身動き取れない。

『粘状生物(スライム)!?　まさか六元鏡光(リクゲンキヨウコ)、先ほど逃げたはずじゃ……!』

『撤退(それ)は囮(おとり)』

巨大ビルにも匹敵する質量の粘液群から、真っ青な少女が浮かび上がってきた。

『力ではなく頭で挑む。弱者が生き残るための術(すべ)』

全細胞。

霊元首(れいげんしゅ)・六元鏡光が体内に溜めた力が、放たれる。

——万象鏡化(ばんしょうきょうか)『雷』——

粘液群が無数に瞬(また)いた。

女神アスラソラカの全身に付着した飛沫(しぶき)一つ一つから怒濤(どとう)の放電が繰りだされ、雷の花が咲き乱れる。

『————ぐうっっっ!?』

何千何万何億という雷撃の弾幕に灼(や)かれ、女神(アスラソラカ)の全身から煙が上がる。

効いている。

六元鏡光の命がけの全力放出が、アスラソラカの耐性をわずかながら上回ったのだ。

『いま。さっさと動く』

「……私に指図するんじゃないわよ、聖霊族が！」

翼が羽ばたく音。

今の今までピクリとも動かず倒れていた夢魔姫ハインマリルが、歯を食いしばって立ち上がったのだ。

両手を蝕まれながらも、動く両足で床を蹴る。

「いつまで休んでるつもりかしらね、そこの胸のないエルフ！」

「……うるさい、主こそワシに指図するとは何事か！」

続いて起き上がったのはエルフの巫女レーレーンだ。

女神の衝撃波によって斬られた足で、それでもハインマリルと並んで走りだす。

一直線に――

大聖堂の最奥に磔になった、世界種めがけて。

『まさか⁉』

女神は理解した。

エルフと夢魔が狙っているのは、磔にされたリンネの解放だ。彼女が再び動きだせば戦況は一転するかもしれない。

『……なるほど。とても賢い。私に抗うための最善手に違いない……』

だが。

『――――』

ブンッ、と大気がふるえた。

異形の女神アスラソラカの全身に、リンネとまるで対照的な、濃紫色の力の文様が浮かび上がったのだ。

『今さら何のつもりだお前たちっっっっっっっ！』

女神の怒号が膨れあがった。

大聖堂を覆うほどに広がった天魔の翼から、禍々しき波動が見えない力となって全方位へと放たれる。

極大なるその波動が――

霊元首・六元鏡光の粘液群をまとめて掻き消した。

『……っっ⁉　力の上限が見えない……やっぱりバケモノ！』

術も理屈もない。

ただただ怒りと力任せに弾かれた。人間サイズに戻った六元鏡光が、宙を舞うなかで、

女神はそんな粘状生物など見ていなかった。

『――今さら世界種を助けるだと？　ふざけるな！』

女神が翼を広げた。

まわりの壁を破壊するのも躊躇わず、その口ぶりさえも豹変させて。

『お前たちが大戦を続けたから世界種の生きる未来が消え去った！　世界種が消滅して切除器官に変わり果てても、何一つ気に留めなかったお前たちが………』

拳を握りしめる。

見下ろす先は、床を走るハインマリルとレーレーン。

『今さらリンネを助けるというのか！　世界種の力に縋るためだけに……都合が良すぎる。傲慢にも程があるぞ五種族！』

天魔の翼が振り下ろされる。

あらゆる法術障壁を切り裂く断罪の刃。夢魔の防御結界だろうがエルフの法具だろうが叩きつぶす。

──その刃が、止まった。

否。

突如として現れた巨大な獅子に受けとめられたのだ。

「それでもお前よりはマシだろう」

深紅の毛皮をもった赤獅子。

それも竜に迫る巨体など誰一人見たことがあるまい。通常個体をはるかに上回る体躯の、突然変異体。

『……ラースイーエ!?』

獣人ではなく、四つ脚でもって力強く大地を踏みしめる獅子(しし)。

これこそが牙皇(がおう)ラースイーエの真の姿。

「我の行動原理はいたって簡潔さ。ただ幻獣族を守るだけ。それが種の英雄というものだ。悪魔族も聖霊族も蛮神族もそこに違いはない」

赤獅子(マンティコア)が、その鋭き牙で翼に食らいつく。

「我は、種を守るためなら何でも利用する。世界種だって」

『っ！　それが都合がいいと言っているのです！』

「ああそう。だがね」

「世界種(リンネ)を裏切ったお前よりはマシだろう？」

「我は同胞を裏切らない。さらに言えば、我を含む幻獣族が生きるためなら世界種(リンネ)だって生かしてやるさ。そこがお前との違いだ」

『…………ラースイーエッッッ！』

ざわりと女神(アスラソラカ)の髪が逆立った。

天魔の翼に食らいつく獅子に、女神(アスラソラカ)の下半身である大蛇の尾が絡みつく。ミシッ……と、想像を絶する力で全身を粉々にせんと締めつける。

赤獅子の骨という骨が軋む音。

『このまま潰して――』

「一つ余から忠告してやろう」

誰かが大蛇の尾に触れた。

女神からすれば小指にも等しいサイズの存在――だがその体内に、嵐を想わせる膨大な法力を宿した冥帝ヴァネッサが。

「足下を見ぬと思わぬところから足を掬われる。このようにな」

――冥唱『我が煉獄に炎あり』。

女神の視界が「赤」に包まれた。

炎と呼ぶにはあまりにも美しく、荘厳な、熱の結晶ともいうべき閃光が、ラースイーエを締めつける大蛇の尾を激しく灼き焦がす。

『――――――――っっっ！』

「ちっ、消滅させるつもりがしぶといな。おい天使。いつまで準備に時間がかかる」

悪魔の王が跳び退いた。

続いてやってくるはずの一撃に、巻きこまれぬように。

「……『天軍の剣』、来たれ！」

主天アルフレイヤが吼えた。

この世でもっとも美しき法具が、天使の号令によって降臨する。

――真実(ミカエル)『神に似たる者は誰か(カミににたるモノなどいない)』。

大聖堂の天井が、大いなる光のなかに消し飛んだ。

雪より白く。

銀よりも強く輝く刃(やいば)。

蒼穹(そうきゅう)を切り裂いて降ってきた「天軍の剣(ソレ)」が、女神アスラソラカを切り裂いた。

『小賢(こざか)しいっ！』

リィイイイッ……

美しき音色がこだまする。それは女神(アスラソラカ)が天軍の剣を握り砕いた音だった。

「馬鹿な⁉」

『……私を、誰だと思っているのですか……』

全身から夥(おびただ)しい緑色の体液を流しながら、それでも異形の女神(アスラソラカ)は微笑(ほほえ)んでいた。

勝利を悟った笑みを。

『私は世界種アスラソラカ。……五種族(おまえたち)に復讐(ふくしゅう)するために……切除器官(ラスタライザ)と化したすべての世界種(なかま)の嘆きを晴らすためにいるのですよ！』

「**それは違う**」

タンッ

軽やかな音を響かせて、カイは大聖堂の床を蹴りつけた。

跳躍先は、今なお天魔の翼に食らいついている赤獅子（マンティコア）。それだけではない。獅子（しし）の背中を駆け抜けて、その頭を踏み台にしてさらに高く飛び上がる。

女神（アスラソラカ）の翼へ。

「アスラソラカ、俺は、お前のその言葉を絶対認めない！」

『カイ!?』

「リンネが残ってるだろうが！　すべての世界種（なかま）だなんて誰が決めた」

最後の生き残りがここにいる。

なのに、女神（アスラソラカ）はそれを頑（かたく）なに認めようとしない。認めたくないのだ。今の女神（アスラソラカ）の咆吼（ほうこう）ですべてを悟った。

――諦めたのだ。

もう世界種の未来など無いと絶望して、そして怨嗟（えんさ）の念に囚（とら）われた。

「だから俺が、アンタを止める」

世界座標の鍵（コードホルダー）を振り上げて――

カイは、翼を蹴って空へと跳んだ。こちらを見つめる女神（アスラソラカ）の頭部めがけて。

そう。ここで。

「俺が勝たなきゃ、それこそ世界種が救われないんだよ！」

『不可能なのですよ』

異形の女神が両手を広げた。

あまりにも無防備で、あまりにも自然な、恋人を迎えるための抱擁のように。

思うさま私に抗ってみせなさいと。

『五種族が揃ったところで、それでようやく対等なのです』

霊元首・六元鏡光が、命を賭して女神を止めて——

牙皇ラースイーエが翼に食らいつき——

冥帝ヴァネッサと主天アルフレイヤが最大の力で法術を撃ち放って——

その最後に、カイが挑む。

これで五種族。

『私の肉体にも五種族の因子はある。さらに言えば、あなたがリンネの世界座標の鍵を持っていようがダメなのですよ』

女神の額に、光が灯った。

世界座標の鍵と同じ、陽光色の輝きが。

『私も世界座標の鍵を持っているのです。かつてあなたに貸していた、ね』

預言者シドの剣。

大始祖を名乗っていたアスラソラカが、五種族大戦を終わらせるために授けたもの。

だからこそ対等止まり。

人間(カイ)に、女神(アスラソラカ)は倒せない。

そう。これが五種族と世界種だけの力であるかぎり。


〝お前には可能性があった〟

〝世界種族の王になるという可能性がねぇ〟


かつて。

そう言われたことがある。

自分(カイ)が唯一、「二度」戦った敵から。

「……俺は王になるつもりはない。だけど、ただ一度きり、力を貸してくれ！」

光が生まれた。

カイが手にした陽光色の剣の内側から、新たな銀色の煌(きら)めきが放出される。世界座標(コードホル)の鍵(ダー)の創造主たる女神(アスラソラカ)さえも知らない輝きが。

『なっ!?　その光は……!?』

女神(アスラソラカ)は知らない。

この力強い黒銀色の輝きが、亜竜爪(ドレイクネイル)に宿った、この世界に生きるもう一つの種族の証(あかし)であることを。

〝人間(オマエ)は、人間以外の繁栄ヲ許容シタ〟
〝機鋼種(われわれ)ハ、ここで人間(オマエ)を選択スル〟

人間を含む五種族に。世界種による世界座標の鍵(コードホルダー)。
これでようやく六つ。
ここまで揃(そろ)えてようやく対等。
その上で――
ここに七番目の種族を重ねることで、真に、カイ・サクラ＝ヴェントの剣は完成する。
全ての「種族(コード)」を束ねた統率者(ホルダー)。

――世界座標の鍵(コードホルダー)・『世界種族の王の剣』。

女神(アスラソラカ)の額に灯(とも)る陽光色の輝きが、薙(な)ぎ払われた。
カイが振るった剣閃(けんせん)で。
『……そんな！……この私が………っっっっっっ!?』

カイの世界座標の鍵の刃を受けて。

女神が大きく後ろに傾いた。カイの十倍以上はあろう巨体が、倒れながら急速に小さくなっていく。

すべての力を失って。

『……残念です……世界の結末を見たかった……けど…………』

倒れていく。

自らが崩壊させた大聖堂の床の、巨大な陥没へ。

……私を倒して……それで世界種を救えるとでも？……

そんな言葉を響かせて。

女神アスラソラカは、深い陥没へと落ちていった。

World.6

Chapter: 魂の還るところ

Phy Sew lu, ele tis Es feo r-delis uc l.

1

ぱらぱら、と。

天井から剥がれた欠片が、床へと落ちていく。

壁という壁が焼けただれて崩壊し。床には大小いくつもの亀裂ができている。

それでもなお——

眩しき大聖堂には、冬の湖畔のような静けさが戻りつつあった。

「リンネ、平気か」

「……う、うん。ちょっと無理しすぎたけど……歩けないだけで大丈夫……」

「それは大丈夫って言わないんだよ」

四つん這いだったリンネに肩を貸して、カイはそっと立ち上がった。

力を使いきって元の姿に戻ったリンネ。

あの光輝く姿は、たとえるなら孔雀が羽を扇形に広げてみせるような、限定的な形態に過ぎないのだろう。

「……カイは」

「ん？」

「カイは平気なの？」

深い翡翠色の瞳に見つめられて、カイは真顔で首を横にふってみせた。

「正直、立ってるのも辛い」

「お互い様じゃ」

あぐら座りで座りこんだのはレーレーン。

その隣では、主天アルフレイヤが片膝をつく格好で座りこんでいた。

「ふん、だらしないわね蛮神族」

それを鼻で笑うのが夢魔姫ハインマリルだが、彼女も壁に手をついて身体を支えているあたり、まさに疲労困憊なのだろう。

冥帝ヴァネッサもそう。

目を閉じて、呪いを受けた両腕の治癒に集中している状況だ。

その奥では——

「女神の匂いが消えた。そこのでかい陥没に落ちてから」

『死んだ？』

「さあどうかね。六元鏡光、お前がその陥没に落ちて確かめてみればいいだろう？」

む。

『後でやる。今は疲れた』

陥没(クレーター)を覗(のぞ)きこんでいた牙皇(ラースイーエ)と六元鏡光も、身近にあった瓦礫(がれき)を椅子代わりにして座りこむ。

……あの二体が。

……口をきくのも億劫(おっくう)そうなくらい消耗してるのか。

それほどの死闘だった。

切除器官(ラスタライザ)と化した女神アスラソラカの暴虐は、まさしく五種族すべての力と英智(えいち)に匹敵するものだったのだろう。

と同時に。

改めてこの広間を見まわして、強く感じることがある。

……ひょっとしてだけど。

……女神(アスラソラカ)は、本当は、四種族を封印する必要なんてなかったんじゃないか?

四種族を片っ端から殺戮(さつりく)し尽くすこともできただろう。

だが、しなかった。

ああも時間をかけてまで「封印」するという手段を選んだ。真に五種族(じぶんたち)を恨んでいるのなら、そんな優しい方法を取るだろうか。

……だとしたらアスラソラカ。

……アンタはやっぱり……。

と。

『ああそうだ。これで終わったと思ってつい忘れてた』

六元鏡光（リクゲンキヨウコ）が立ち上がり、振り向いた。

自分（カイ）へ。

『一つ確認しておきたい。世界輪廻（りんね）はどうなった？』

「……それは」

聖霊族からの問いかけに、カイはリンネと顔を見合わせた。

リンネが黙って首を横にふる。

――わからない。

静寂が広がっていく。

この場にいる者の誰一人として、六元鏡光への答えを持ち合わせていないのだ。

「いや、だけど……」

リンネの肩を支えつつ、カイは喉から声を振り絞った。

この場の皆に届くように。

「女神（アスラソラカ）も力を使い果たしたはずだ。世界輪廻を維持する力が残ってるとは思えない」

中断できたと思いたい。

そう願う以外、自分たちにできる事はないのだから。

「とにかく一度、全員で外に出よう。この墓所はもう――」


〝世界輪廻を発動したのが私だなんて、私は言っていませんよ〟

カランッ……


小石が、跳ねる。

真っ暗な陥没(クレーター)を見下ろしていた牙皇(ラースイーエ)が、弾(はじ)かれたように跳びさがった。

「呆(あき)れるね、まだ生きてたか」

『……いいえ。この通り。私にこれっぽっちも力なんて残っていませんよ』

暗い穴の底から、異形の女神が這(は)い上がってきた。

その姿は人間大。せいぜいリンネと同じか、それより数センチ高い程度だろう。

力を使い果たした――

それは恐らく真実だ。

戦闘時の、あの心臓を握り掴(つか)まれたような重圧感が一切ない。

『陥没(クレーター)の奥底でじっとしていても良かったのですが、最後に……カイ、あなたはやはり勘違いをしていますね。私の言葉をよく思いだして』

「……何だって」

『世界輪廻の発動が私の目的でした。この計画の元凶が私であるとも言いました。でも、同時にこう言いました。「私にも止められない」と』

女神アスラソラカが額を拭った。

手の甲についた自らの体液を、見下ろしながら。

『私は時間稼ぎができればよかったのです』

「つくづく癪に障るね」

剣呑なまなざしで、牙皇ラースイーエが瓦礫の上に飛び乗った。

突きさすような鋭い剣幕で。

「発動者は別にいると。つまりこの計画で、まだお前よりも上の存在がいるわけだ。なら、勿体ぶらずにさっさと現れればどうだい？」

『――――』

その問いかけに、女神は背を向けたまま沈黙。

かわりに。

『リンネ』

「……っ」

唐突に名を呼ばれ、リンネがびくっと身震い。

『リンネ、あなたはこの先どうする気ですか』

「……え？」

『もしも。もしも世界輪廻が止まった未来の話です。あなたは誰と、何をして、どう生きていくつもりですか』

「…………え。え……ど、どういう意味よ！」

『まさかとは思いますが、一生、そこの人間にくっついて暮らしていく気だったのですか。そう訊いているのです』

女神の指先が向けられた。

リンネの肩を支えたままの自分へ。そして。

『ありえませんよ』

そう言った。

憐れみさえ感じさせる声音でもって。

『そこにいるカイは人間です。今はあなたの傍にいたとしても、いつかヒトの家庭をもち、ヒトの社会を選ぶでしょう。あなたの居場所はどこにもない』

「……そ……それは……」

『気づかなかったのですか？　それとも本当は気づいていて、だけど考えるのが怖くてやめましたか？』

女神の微かな溜息。

『私がそうでした。私以外の世界種もみんなそうでした。居場所なんてなかった』

ぺちゃ、と。

血濡れた大蛇の下半身で、異形の女神が這うように近づいてくる。

『だからリンネ、あなたは消えたままでいた方が幸せだったのです。あなたも最後は同じ未来を辿るのでしょうね。五種族のどれにも受け入れられず、生まれてきた運命を呪って切除器官に変貌する』

「い、いや！　そんなの……だって、だってわたしは……！」

『世界種は生まれた時から滅びの決まった命なのです。世界から拒まれて、恐れられて、最後は私と同じ、いえ私以上に悲しい姿になるかもしれない』

「リンネはそうならない」

リンネの肩を離す。

止めどなく続く女神の言葉を遮るつもりで、カイは一人で前に進みでた。

「そんな世界は俺だって望まない。女神、アンタだって見たはずだ。リンネを助けるためにエルフや夢魔が命をかけて守ろうとしてた瞬間を」

『それも今一時の感情です』

「十分すぎる進歩なんだよ！　アンタの時代にはそれさえなかったはずだ！」

『…………』

「俺の将来？　社会？　俺だって知るか。今の今までアンタと戦って死にかけてた身だぞ。未来なんてこれからだろうが！」

這い近づいてくる女神へ――

カイは、自らさらに一歩を踏みだした。

「女神。お前も他の世界種たちも苦しい思いをして諦めたのは事実かもしれない。だけど、そこにリンネを巻きこむな」

『まだ保護者の気分でいるのですね。それはリンネが可愛いから？』

女神が両手を広げた。

この歪な肉体を見なさい。そう全身で表して。

『あなたの前にいる彼女は、私と同じバケモノです。人間とは相容れない』

「俺は、彼女をそう思ったことは一度も無い」

『っっ』

女神の形相が、一変した。

『――――黙れ！』

平手打ち。

衰弱しきっているとはいえ幻獣族の膂力（りょりょく）で殴られて、カイは受け身も取れずに大聖堂の床に打ち付けられた。

「カイ!?」

駆けつけようとしたリンネが、その場で息を呑（の）んだ。

見てしまったのだ。

歯を食いしばって堪（こら）える女神（アスラソラカ）の唇から、小さな小さな嗚咽（おえつ）が漏れた瞬間を。

『……何を……何を心にもないことを……』

泣いていた。

この世でもっとも悲しき異形と化した切除器官（ラスタライザ）の目に、一つ、また一つ、しずくが溢（あふ）れて頬（ほお）を零（こぼ）れ落ちていく。

『……そんな……口だけの優しさなんてもう要らないのです…………そんな一縷（いちる）の希望を与えられて、いったい何度裏切られたと思うのですか！』

牙皇（ラースイーエ）や六元鏡光（リクゲンキョウコ）、冥帝（ヴァネッサ）も主天（アルフレイヤ）も——

泣き腫らしながら嘆きを叫ぶその姿に圧（お）されて、誰一人として口を挟めない。

なぜならば。

悲しき女神（アスラソラカ）の訴えは。

目の前の、床に倒れた少年ただ一人に向けられたものであったからだ。

『もう嫌なのです！　人間も悪魔も蛮神族も幻獣族も聖霊族も、世界種(わたしたち)を迎え入れようとする者などいない。あなたもそうでしょう！　ただただ私を倒すためだけにリンネの力を借りていただけのくせに。そんなのは――――っ……』

「まだわからないのか」

こちらを見下ろす女神(アスラソラカ)を見つめ返し、カイは立ち上がった。

口の端の血を拭う。

……今のもそうだ。アスラソラカは全然本気で俺を殴ってない。

……殴るのが目的じゃないんだ。

伝え方を知らないのだ。

生まれたての子猫のように、前脚で親をひっかくことしか、自分の感情を伝える術(すべ)がない。

「アスラソラカ」

だからこそ伝わった。

女神(アスラソラカ)の、本人さえ気づいていない「本当に叶(かな)えたかったこと」を。

「お前は――」

『っ、来ないで！』

女神が片手を突き出した。

その手に法力の光が収束していく。凄まじく強い殺意の光が。

『カイ、あなたがいくら綺麗な言葉で飾り立てようと、私はそれを信じない。あなたの声も聞きたくないのです。近づけば……あなたの命を奪います』

「…………」

『本気ですよ！　これ以上近づけば――』

突き出された女神の左腕。

その手を勢いよく掴んで、カイは、思いきり自分の側へ引っ張った。その反動で女神の体勢が大きく崩れて――


少年は、そんな異形の女神を抱きとめた。


その背中に手を伸ばす。

萎れた天魔の翼ごと、女神を力の限り抱きしめた。

『…………え？』

自分が何をされているのか。

アスラソラカは理解できなかったに違いない。

生きてきた中で「誰かに抱きしめられた」経験がないからだ。

『……な……なに……を……』

抱きしめられた女神（アスラソラカ）が目を見開いて、その唇をふるわせた。

『何を……して……いるのです……』

「アンタは言ったよな。俺たちを『愛（め）でてあげます』って。本当は逆だったんだろ」


〝たっぷり愛でてあげましょう〟


違う。逆なのだ。

本当は――

愛でてほしかったのは自分（アスラソラカ）の方だった。


〝私はこの世のすべてを愛すから〟

〝だから私のことも愛してください。この姿を嫌わないで。どうか、どうか……〟

でも言えなかった。

自分（アスラソラカ）はもう諦めてしまっていたのだ。世界種はそういう運命なのだと。

『…………』

女神(アスラソラカ)が唇を噛(か)みしめた。

何かを必死に堪(こら)えるように。

『……バカですね……私が、このままあなたを抱きしめたまま、道連れに自爆してしまおうと考えたらどうするのです……』

「それだよ」

『え？』

「いま口走ったのがすべてさ。世界がアンタを否定したんじゃない。アンタが受け入れられるのを怖がってたんだよ」

世界種(じぶん)が受け入れられるわけがない。

そう決めこんだ。そう諦めた。

「違うか？」

『……容赦ないのですね』

女神(アスラソラカ)がふっと微笑(ほほえ)んだ。

弱々しい力で、カイの手を押しのける。支えるものを失って——

異形の女神は仰向(あおむ)けに倒れていった。

『私の負けです。ねえリンネ？』

「っ!?」

『リンネ……あなたは……本当にずるい……嫉妬しそうになるくらい』

倒れたまま見つめるのは、同じ世界種だった少女。

嫉妬しそう。

そう口にしながらも、女神(アスラソラカ)の相貌にはかつてなかった安らぎの微笑みが。

『私の生まれた時代に、こうして叱ってくれる者がいれば……私も、こんな姿に変わらずに済んだかもしれないのに………』

ふぅ。

最後の吐息をついて、女神(アスラソラカ)は心地よさそうに瞳を閉じた。

『カイ。一つだけお願いをきいてくれませんか』

「何だ」

『手を握ってほしいのです。私が、最後の最後に……世界種(わたしたち)の未来を信じられるように』

「……ああ」

倒れた手を握りしめる。

手の甲まで鱗(うろこ)のついた異形の、切除器官(ラスタライザ)の手を。

『…………ありがとう……だから私も……信じてみたいと思います』

カイの握った腕が、淡い光に包まれた。

リンネが変身した形態と同じ光が、切除器官(ラスタライザ)であるはずのアスラソラカの全身から湧き出るように宙に昇っていく。

『こんな姿でも…………心だけは……世界種として……消え、……ることが…………』

光の粒が昇っていく。

すべての光とともに、世界種アスラソラカは消えていった。

そのまま、どれだけの時間が大聖堂に流れたことだろう。

誰一人として言葉を発さない。

「……行こう」

光の粒子を見送って、カイは、自ら言い聞かせるように口にした。

「俺たちがここで出来ることはもうないと思う。後のことは、墓所を脱出してから考えた方がいい。それでいいかリンネ？」

「う、うん！」

なかば放心状態だった少女が慌てて頷(うなず)く。

敵対していたものの、唯一の同種族だったアスラソラカが消えたのだ。まだ決心のつかない複雑な心境に違いないが。

「みんなで帰ろ！　ここにいないけどジャンニャもきっと待ってるよ！」

「ああ。みんなでだ」

ジッ……

カイの視界に、黒い砂埃（すなぼこり）のようなものが混じったのはその時だった。

「な、なんじゃこれは!?」

大聖堂の壁面に手をついていたレーレーンが、慌てて離れた。

さらさらと崩れていく。

天井が砂の粒子のように細分化し、空中に溶けこむように消えていく。

壁も、さらには床も。

「ぼ、墓所が崩れていきおる!?」

墓所の壁という壁が消え去って、そこには真っ青な空が――――なかった。

カイが見上げる上空には、何もなかった。

――アスラソラカ、あなたの願いは叶（かな）いました。

『世界輪廻(りんね)』。

世界の『上書き』を完成する——

気づけば。

カイは、無限に続く雲海の中にいた。

「……ここは……？」

黄金の大聖堂ではない。

真っ暗な黒の墓所でもない。

地上でもない。

今まであった世界のすべてが一変し、全方位どこまでも、空の果てまで埋めつくす雲海が漂う世界。

喩（たと）えるなら、地上すべてに綿を敷きつめたよう。

そして雲は純白ではなく、うっすらと七色に光り輝いている。

「……あの時の……!?」

どこまでも延びている石の通路。

通路の端には、古代彫刻を想（おも）わせる見事な石柱が数十メートルほどの間隔で建ちならび、その様はまるで太古の神殿。

……俺は……ここを知っている。

……リンネが捕まっていた異空間じゃないか!?　どういうことだ！

墓所から転移した？

そこまでは前と同じ。

だが決定的に違うのは転移の仕方だ。

……俺が初めてここに来た時は、小さな光の扉に吸いこまれたはずだ。

……だけど今回はそれと違った。

上書きされた。

墓所や空、地上も何もかも。

自分たちのいた世界が、丸ごと、真っ黒い砂嵐(ノイズ)に塗りつぶされた。そう見えてしまったのだ。

「リンネ、俺たちどうやってここに入った？」

「……わたしもわかんない。だけど、すごく嫌な感じ……胸がざわざわするの……」

リンネが天魔の翼を弱々しく折りたたむ。

怯(おび)えているように。

「女神(アスラソラカ)と戦った時よりも……」

『命を感じない空間。ここ見覚えがある』

無限に広がる雲海を見回して、六元鏡光(リクゲンキョウコ)が押し殺した声で呟(つぶや)いた。

『切除器官(ラスタライザ)の空間』

「ここが？　どういうことだ、なぜ私たちが転移したのか!?」

主天アルフレイヤが立ち上がった。

その場で立っているのも苦しいはずの重傷の身だが、この突然の状況で座っていることさえ危険だと本能で察したのだろう。

「さっきまで感じていた同胞たちの念話が消えた？……おいシルク、どこにいる!?」

海の水平線まで続く石の道。

その道に立っているのは、大聖堂にいた顔ぶれのみだ。

「何なのじゃ……ワシらを丸ごと異空間に転送させた？　バカな。そんな強引な術だったら嫌でも気づくはず……」

レーレーンが身震い。

透きとおるように白い肌が、底知れぬ恐怖でいっそう蒼白に染まっていく。

「そうじゃ出口は!?　ここから抜けるための扉は——」

「無い」

エルフの言葉を遮ったのは冥帝の一言だ。

「余の魔眼でざっと漁ったかぎりだが。ハインマリル、お前の方は？」

「……同じく。全方位、この石の通路が延びていく先を追えるかぎり見てますが、それらしいものはありませんわ」

宙に飛び上がっていたハインマリルが降下してくる。

「お姉さま、どうやら私たち閉じこめられたらしいですわ」

「少し黙りな」

炎の尻尾をゆらゆらと揺らす獣人が、口の端から牙を覗(のぞ)かせた。

――不機嫌そうに。

ハインマリルが押し黙るほどに荒々しい気性を露(あら)わにした牙皇(がおう)ラースイーエが、己の拳(こぶし)を猛烈な勢いで振り下ろした。

轟(ごう)ッ！

地響きのような衝撃音が響いたものの、石の通路には傷一つない。

「……癪(しゃく)に障(さわ)る。どこの何者か知らないが、何のつもりだ？」

獣人が舌打ち。

牙皇ラースイーエの膂力(りょりょく)を以(もっ)てしても、この空間には干渉できない。それを今の一撃で悟ったのだろう。

「この気色悪い場所は――――」

■■、■……■■、■■■、……■……■■

Oel Dia =U xeph cley, Di shela teo phes kaon

歌が、生まれた。

亡者の叫びのごとき歌。

その歌が響いた途端に、カイたちの周囲を埋めつくす雲海が渦巻いた。大嵐の予兆のように雲がぐるぐると渦巻いていって——

すべての生まれなかった子供たち
lu xemille-l-phenoria xiss.
そなたに代わって世界を愛でよう
Sez cia lisya pha peln lef Es.
思うがままに　撫でて　さわって　抱きしめて　壊してやろう
eyen Ez et shela, alra, hem, meki, ende bleija.

「……何だ⁉」

この歌のせい？

この雲海が大きく渦巻き始めたから？

——否。

今から何かがやってくる。

その第六感にも似た直感に掻(か)き立てられ、カイの頬(ほお)から冷たい汗が滴(したた)り落ちていく。

これだけの顔ぶれなのに。

女神(アスラソラカ)さえ倒したのに、自分の手元には世界座標の鍵(コードホルダー)という最強の刃(やいば)があるのに。

……心臓を鷲(わし)づかみにされた気分だった。

……今の声を聞いただけで。

初めて切除器官(ラスタライザ)と出会った時の衝撃と恐怖。

いやそれ以上。


「…………」


誰もが、雲海の渦巻く先を見つめて声一つ出せない。

誰もが、見てしまったのだ。

雲海の渦の中心から浮かび上がってくる、真っ黒に塗りつぶされた切除器官(ラスタライザ)を。

あまりに「黒」すぎてシルエットしかわからない。

だが、その長い髪、ふくよかな少女の輪郭は、まるで――


黒い、い、リンネ。


そう喩(たと)える以外に思いつかない。

リンネそっくりの姿をした、けれど黒一色に塗りつぶされた切除器官(ラスタライザ)。

その両目と口だけが血のように赤い。

『わたしたちの悲願は、叶いました』

雲海から浮かび上がってくる。

その黒リンネが、眼下の自分たちを見下ろして、嬉しそうに両手を広げた。

血染めの口を吊り上げて。

『世界輪廻によって誕生したこの秘奥領域が、遂に、今までの世界と入れ替わりました』

何を。

何を言っているのだ、この切除器官は。

『ここが新しい世界なの。ここはそう。すべてが生まれて、生まれたままに消滅していく。ただそれだけを繰り返す無意味な世界――』

無有愛。

切除器官の願いは、醜いこの姿もろとも自分が消滅すること。そして今、世界丸ごとが
その「自己消滅願望」に上書きされた。

生きるではなく。

自己消滅を強制させられる世界へ――

秘奥領域『無垢無有愛の原風景』

『世界種は望んでいました』

黒リンネが謳う。

語りかけるように、詩を吟じるように。

『自分たちに救いはないのだと。だから生まれたことを憎んで切除器官となるくらいなら、ただ「何もない」ままに消えていきたいと。ここはその願いが具現化した世界』

卵から孵った瞬間に――

産声を上げた瞬間に――

命が消えていく。

『そうすれば五種族大戦も生まれないでしょう？　争いもないでしょう？』

一切の争いがない。

もっとも穏やかに。

もっとも静かに。

命が、泡のように生まれて消えていく。

それを繰り返すだけ。

これほどまでに「無意味」な世界があるだろうか。

「……馬鹿な。そんな世界に何の価値がある!?　こんな世界でいったい何を希望とすればいいのだ！」

『――』

声を振り絞った天使を見下ろして、黒リンネが小さく嗤（わら）った。

『その言葉を聞きたかった』

「何だと？」

『世界種（わたしたち）はずっとそう訴えてきた。でもそれを聞き入れなかったのは五種族（あなたたち）。ようやく、互いの気持ちを分かち合うことができたのね』

「……っ！」

『ここは、そのために生まれた地平』

黒リンネが両手を広げた。

『大始祖が運命を改竄（かいざん）したことで、ようやく切除器官（わたしたち）は顕現することができた。アスラソラカはそのための刺客だった』

「……あの女神（アスラソラカ）が……刺客ですって…………」

ハインマリルが言葉を失った。

あの最強最大の女神（アスラソラカ）を配下のように言ってのける、この黒リンネはいったい何なのだ？

いや、本当はわかっている。

この場の誰もがもう理解したことだろう。

思えばそう――

世界種にだけはいなかったのだ。

だが、いない方が不自然だったのだ。


世界種の英雄、が。


すべての世界種の頂点。

すべての切除器官(ラスタライザ)の頂点。

世界輪廻(りんね)を発動したのはアスラソラカではない。この世界種の英雄だったのだ。

『ここで切除器官(わたしたち)は永遠の安息を得ることでしょう。そして』

黒リンネが、己の頬(ほお)に手をあてた。

うっとりとした心酔しきった声音でもって。

『ああ、なんて安らかな消え様だったのアスラソラカ』

歓(よろこ)びに満ちた声だった。

すべての望みが成就(じょうじゅ)された至福であるのだと。

『わたしも、わたしたちも、すべて同じように消えていきましょう。消えて、生まれて、また消えていく。ようやくあなたの願いは叶(かな)っ――――』

「……違う！」

『?』

「お前は間違ってる。世界種の英雄！」

黒リンネがこちらを見下ろした。

その血色のまなざしをまっすぐ見つめ返して、カイは、震える喉を引き裂くがごとき力をこめて叫んだ。

……違う。それは違うんだよ。

……一つだけ。絶対に違うと断言できることがある！

「アスラソラカは望んでなかった」

消える瞬間。

あの女神(アスラソラカ)の全身に宿っていた輝きは、リンネと同じものだった。

切除器官(ラスタライザ)の光ではなかった。

最後の最後の瞬間に。

かつて「祈子(いのりご)」と名乗っていた彼女は、自分の心の奥底で祈っていた真の願いと向き合う勇気を持てたのだ。

だから――

「アスラソラカが切除器官(ラスタライザ)になりきらずに消えることができたのは、それ以外の未来を望んだからだ！」

無駄にはしない。

彼女が最後に見いだした答えを。

「……俺が、彼女（アスラソラカ）にかわってお前を止めるよ」

剣を水平に持ち上げる。

世界種（リンネ）の力に、機鋼種（きこうしゅ）の力を加えた——世界種族の王の剣を。

「今この瞬間（とき）だけ、俺が、お前と戦う世界代表だ」

塗り替えられた世界。

その中心で。

「お前に、もう一つの未来（こたえ）を見せてやる！」

一人の少年が——

世界意思（セカイリンネ）に挑んだ瞬間だった。

World. 7

Chapter:

無限にまわる世界輪廻を砕くもの

Phy Sew lu, ele tis Es feo r-delis uc l.

秘奥領域『無垢無有愛(むくむうあい)の原風景』。

それは世界輪廻(りんね)によって上書きされた世界の、終わりの姿。


『この世界に「生命(あなたたち)」はふさわしくありません』


こちらを見下ろすのは黒リンネ。

切除器官(ラスタライザ)たちを導き、世界輪廻を発動させた英雄。

それが、澄みきった声で謳(うた)いあげた。

『この世界の流転に従い、消えていきなさい』

膨れ上がる殺気。

カイたちが立つ通路を取り囲んで、渦を巻く黒点が全方位で生まれていく。その穴から這(は)い上がってくるのは、この死せる世界の住人たち――

切除器官(ラスタライザ)。

どれもが数多(あまた)の種族を歪(いびつ)に組み合わせた異形だが、その相貌だけはどこかリンネに似た面影がある。

……似てて当然なんだ。

……こいつらも、もともとはリンネと同じ世界種だったんだから！

カイが目で数えるだけでも十体以上。

さらにまだ遠くで黒渦が生まれ続けていく。このまま無限に湧き出てくるのでは。そう思うほどに終わりが見えない。

「な、何体おるんじゃいったい⁉」

「レーレーン」

エルフの巫女（みこ）の肩に手をのせて。

「今までありがとう」

「……カイ？」

「お前が作ってくれた霊薬や霊光エルフ弾に、俺は何度も助けられてきた。俺の無茶（むちゃ）ぶりに何度も応えてくれたよな」

「……な、なんじゃいきなり！　そんな湿っぽい――」

「これが最後の頼みだ」

レーレーンだけではない。

蛮神族（アルフレイヤ）の英雄に。

悪魔族の英雄と、その片腕に。

聖霊族の英雄に。

幻獣族の英雄に。

そして、自分の隣に寄りそっているリンネに向けて。


「俺に、託してくれ」


全てを説明する時間はない。

どうか伝わってくれ――カイが願うのを見透かしたように、耳障りな足音を響かせて切除器官たちが一斉に身を屈めた。

来る！

『ひっ！』

怪物の壊れた笑みが、殺戮を報せる銅鑼となってこだまする。

切除器官I相『破壊意思』。

身体のあちこちが欠落した異形の少女が、床を滑るように飛びかかってきた。雪のように白くて華奢な左腕。その腕が歪な大鎌へと姿を変えていく。

死をもたらす鎌がカイめがけて振りおろされ――

凄まじい火花とともに、白銀色の指揮棒に受けとめられた。

「アルフレイヤ!?」

「……人間よ。そなたへの余りある借りを、この場で返そう」

大鎌と指揮棒のつばぜり合い。

奥歯をかみつぶした形相の主天アルフレイヤが、背を向けたまま。

「行け！」

大天使の号令。

力強き声に背を押されるままに、カイは通路をまっすぐ駆けだした。

が、数歩と走らぬうちに切除器官たちが立ち塞がる。

『再現禁呪・降魔ノ仮面』

カイの足下にせり上がってきたのは古代魔の顔。通路を塞ぐほどに巨大な悪魔の顔が、
呪詛の結界としてカイを呑みこんで——

「降魔の星よ」

空に生まれた法術円環。

蒼い超質量の彗星が、悪魔の顔を一片も残さず押しつぶした。

「それは悪魔の法術であろう？　余が、そんな醜い術を見逃すと思ったか？」

轟音が吹き荒れるなか、妖艶な悪魔が悠然と進んでくる。

——そして交差。

カイも、冥帝ヴァネッサも、互いに何一つ言葉を発さない。

だが真横を走り抜けるその瞬間、冥帝ヴァネッサの唇に微かな笑みが滲んでいたのは、おそらくは自分の錯覚でないいだろう。

悪魔はその場に残り。

人間はさらに前へと進む。

『……侵入者ヲ……排斥……破壊……』

『させない』

カイの背後で、鈍い音。

翼を広げて空から飛びかかってきた切除器官二体が、巨大な鉄球のごとき粘状生物の拳に殴り飛ばされた。

『狙いは世界座標の鍵？　だけど鏡光が通さない』

真っ青な少女がその場に着地。

淡々とした声に、いつにない熱を含ませて。

『さあ行くといい』

「……ああ」

『鏡光も疲れてるから、頑張ってもそんなに保たな————っ⁉』

六元鏡光が目を見開いた。

ずっ。

その透きとおった粘状生物の肉体を、不気味な斑点だらけの腕が貫いていた。

三体目の切除器官。

それが無気配で出現し、無防備な六元鏡光の背後に襲いかかったのだ。

『ヒッ』

切除器官が歓喜の笑みを浮かべた。

六元鏡光の背中を貫いた手に握られているのは、光り輝く小さな結晶。

『核ヲ、捕獲』

『しまっ……』

『破壊スル』

核を破壊されれば聖霊族は息絶える。

六元鏡光にとっての唯一の弱点を掴んだ切除器官が、その腕に力をこめる。聖霊族の命そのものとも言える核に罅が入って——

「目障りだよお前」

赤閃。

灼熱色の獣人が通り過ぎざまに振るった爪が、切除器官の腕を切り落とした。あたかも旋風じみた神速の交差で。

　あと一秒。

　牙皇ラースイーエが遅ければ、六元鏡光の核は微塵に割れ砕けていただろう。

『ッ⁉』

「消えな」

　瞬きも許さない。

　自らの腕が切り落とされたことに気づく間もなく、獣人の放った蹴撃が切除器官をはるか雲海の下まで蹴り飛ばした。

『――――』

「お？　何だい六元鏡光？　その不満そうな表情は」

『……礼は言わない』

「いらないよ」

　炎を灯した獣人が、ニッ、と口の端から牙を覗かせた。

　奪い返した核を六元鏡光に投げ渡しながら。

「我は自分の為だけに動く。今のもそう。六元鏡光を生かしておいた方が役に立つと思っただけのこと。だから……」

　幻獣族の英雄が、背を向けた。

「お前もそうするといいよ人間」

『素直じゃない』

奪い返した核を手にした六元鏡光が、言葉を継いだ。

『だから鏡光が言う。――行け。木も草もない、こんな無機質な世界はご免だから』

無言で頷き、三度走りだす。

雲海の水平線まで延びた通路に、もう切除器官の姿はない。

そこへ。

「カイ！」

天魔の翼を広げたリンネが、後ろから息を切らせて追いついてきた。

「後ろは平気。みんなが食い止めてる！」

「……ああ」

無限に続く石の道を、リンネと二人でただひたすら走り続ける。

振り返らない。

背中にびりびりと伝わってくる轟音と強烈な熱波は、まさに種の存亡を懸けた鬩ぎ合いが繰り広げられている証だろう。

悪魔族も、蛮神族も、聖霊族も、幻獣族も。

誰もが一致団結しているわけではない。

統制など無きに等しいだろう。

……牙皇(ラースイーエ)の言うとおりだ。誰もがみんな、自分のために戦ってる。

……それでいいいんだ。

バラバラでいい。なにせ種族が違うのだ。生き方や価値観だって個体差がある。

ただ一つ。

見ている未来(さき)さえ同じなら、今はそれで十分すぎる。

「カイ、あれって⁉」

リンネが雲海の先を指さした。

まっすぐ延びた通路の果てに広場が見えてきた。

厳かな大理石調の円柱が三本、天を衝(つ)くようにそびえ立っている祭壇だ。

見覚えがある。

はるか先の祭壇を見つめ、カイは身震いを禁じ得なかった。

「……そうか。ここに帰ってきたのか」

リンネと初めて出会った祭壇。

あの巨大な三本の柱の真ん中に、リンネが鎖で縛りつけられていたのを覚えている。

そんな感傷の隙を突くように——

カイとリンネの行く手を阻むかたちで、一体の切除器官(ラスタライザ)が宙から降ってきた。

〝旧世界の王が接近。新世界への干渉危険性『最悪』と判断〟

〝切除器官(ラスタライザ)による消去を開始する――――〟


それは、人形(マリオネット)を想(おも)わせる奇怪な少女だった。

大きな輪郭(シルエット)は人間に酷似しているが、右肩から先は蛇の胴体のような触手構造。背中には骨格だけの翼が生えている。

さらには二つの頭部。どちらの相貌もどこかリンネに似た面影がある。

「……こいつ⁉」

脳裏に「あの時」の光景が過(よぎ)っていく。

間違いない。リンネを解放した時に現れた祭壇の守護者だ。囚(とら)われていたリンネを狙ってきた最初の個体。

切除器官(ラスタライザ)Ⅱ相『支配意思』。

いつか――

いつかどこかで再び現れるだろうと、心のどこかで予感があった。

……今ならわかる。

……なぜこいつがリンネの監視役だったのか。この祭壇を守ってたのか。

重圧感の次元が違う。

他の切除器官が霞んで見える上位個体。その二つの頭部がこちらを見下ろして、宙から真っ逆さまに落ちてくる。

『標的を補足。これより消去する』

「邪魔しないで！」

空中で――

天魔の翼で飛び上がったリンネと、骨だけの翼の切除器官が激突した。

「……カイには絶対近づかせない。今度はわたしがそうする番」

「リンネ!?」

「お願い、カイ行って！」

少女が喉を嗄らして叫んだ。

「わたしも、後ろにいるみんなも……もう力を使いきってる。これ以上長くは戦えないの。だから早く！」

「――――」

ぎりっ、と奥歯が軋むほどに強く噛みしめて。

カイは無言で床を蹴りつけた。

リンネを背に。

まっすぐ。

まっすぐ。

まっすぐ。

ただひたすらに走り続ける。通路に並び立つ石柱を、何十本と駆け抜けて。

終端――


リンネの囚われていた祭壇へ。


因果の始まり。

リンネ、そして女神との関わりが生まれた場所。だが、ここで待っているのはその二人のどちらでもない。

『…………』

世界種の英雄が振り返った。

黒に塗りつぶされた少女の肢体。こちらを見つめる双眸と、こちらに語りかける口だけが血のように赤い。

黒リンネ――

そうとしか言い様のない最後の切除器官が、嬉しそうに声を弾ませた。

『あなたは優しいですね』

リンネそっくりの愛らしい声質。

まるで殺気も敵意もない口ぶりで、黒リンネはそう言った。

『あなた一人で挑んできた理由はわかっています。あの子とわたしを戦わせたくないから。もうこれ以上、世界種同士で戦わせたくないからでしょう?』

「…………」

『アスラソラカと戦っている時のあの子は、とても辛そうでしたから』

「……弱ったたな。その通りだよ」

半分は苦笑い。

半分は諦観のつもりで、カイはふっと息を吐きだした。

「……そこまでわかってるなら世界を戻してくれないか。世界輪廻の上書きもアンタだけは取り消せるんだろ」

『もう想像ついているでしょう?』

黒リンネが首を横にふる。

『世界輪廻は、わたしそのもの。止めるも何もないのです』

「……そうか」

『感謝します。あなたは最後まで世界種を案じてくれました。だから——』

黒リンネが跪いた。

ぽちゃっ、と自らの影の中に手を潜りこませる。そこから引き抜いたものは影色に塗りつぶされた大剣だった。

黒の世界座標の鍵――

色以外のすべてがカイの世界座標の鍵に酷似した剣を、胸に抱き寄せて。

『あなたの魂を永遠に愛してあげましょう。この世界で』

「俺は、こんな世界に用はない！」

決別。

カイの咆吼と黒リンネの艶笑が、最後の戦いの鐘となってこだました。と同時に両者が床を蹴る。互いが掲げた剣を思いきり振りあげて。

――二つの剣閃。

陽光色と黒が交差して、そして弾けた。

鍔迫り合いにさえならない。

底知れない膂力に押し負けて、吹き飛ぶように弾かれたのはカイだった。

「……ぐっ⁉」

世界座標の鍵を握る手が痺れて力がこもらない。

まるで幻獣族に体当たりされたような激痛。たかだか一度刃を交えただけで、両者の力の差があまりに明確に浮かび上がった。

……いや違う！　逆だ！

……この程度の差で済んでるだけマシなんだ。奇跡にも近いくらいの！

目の前にいるのは、世界種の英雄なのだ。

四種族の英雄も——

大始祖も——

あまりにも小さく霞(かす)んで見える。

敵は、新世界を支える『世界意思(セカイリンネ)』。そんなものと剣を交えて、そして生きている時点で本来ありえないことなのだ。

……世界輪廻(りんね)の完成直後だからだ。

……世界の上書きなんて莫大(ばくだい)な力を使ったからこそ、消耗している！

だからこそ。

今だけはぎりぎり抗(あらが)える。

「まだだ！」

太ももに全力をこめて立ち上がり、その場に踏みとどまる。

——力の均衡。

大始祖と女神(アスラソラカ)との死闘で疲弊しきった、カイと。

世界輪廻にすべての力を捧げた黒リンネと。

『なんて愛しいの』

その力の天秤が、黒リンネの一言で大きく傾いた。

二撃目。

黒リンネが繰りだした二の太刀に、カイは世界座標の鍵ごと宙を舞っていた。刃と刃が触れた瞬間に薙ぎはらわれたのだ。

「なっ⁉」

視界がぐるんと反転。

祭壇の端——天へと延びた円柱に、カイは背中から叩きつけられた。刃を重ねた瞬間に、とてつもない力に弾き返されて。

『わたしと互角でいられると思っている。なんて健気で強い心なのでしょう』

「……そ……ういう、こと……かよ」

黒リンネの嬌笑。

その手に握る世界座標の鍵が、先よりも一回り大きくなっている。

……急速に回復しつつある。

……もう完全な力を取りもどしつつあるっていうのか⁉

これが世界種の英雄。

地上のあらゆる生物を凌駕した上位存在――

『あなたの仲間もまだ抗っているけれど、それもじき力尽きるでしょう。そしてあなたが最初に消えるのです』

軽やかに床を蹴る黒リンネ。

あまりに速く。カイの目がかろうじて捉えたものは、振りおろされた黒の世界座標の鍵の切っ先だった。

「ぐっ⁉」

死に物狂い。

もはや祈るような心情で、カイも世界座標の鍵を振りあげる。二つの刃が一瞬重なった。

そう映った直後――

カイの手から世界座標の鍵が弾かれた。

主の手元から離れた刃が、美しい弧を描きながら宙を舞う。

『あなたの運命は断たれました』

剣を失った人間は無力。

リンネや四種族の英雄たちも、切除器官を食い止めるのに限界に達している。

加勢はない――

抗う手段もない――

すべての可能性が潰(つい)えた瞬間だった。

『お眠りなさい』

黒の世界座標(コードホルダー)の鍵が振りおろされる。

何一つ抗(あらが)う手段のないままに、カイが黒の刃(やいば)に切り裂かれる。

――そのはずだった。


極光(ひかり)の盾が、カイを庇(かば)って黒の世界座標(コードホルダー)の鍵を受けとめ、砕け散った。


『……これは』

黒リンネが目をみひらいた。

防御法術。刮目(かつもく)すべきは、黒の世界座標(コードホルダー)の鍵を一度かぎりとはいえ防いだこと。そんな力はそうそう存在しない。

いったい何者が?

「……これが最後の……運命竜(ミスカルシエロ)の守護」

『ツッ!?』

「そう。そして、これが最後の……光帝(イフ)の弾丸だ……!」

続けざまの銃声。

振り向いた黒リンネの肉体を、白銀色の弾丸が貫いた。

弾丸が貫いたのは黒リンネの肩。

そこから、おびただしい白銀色の光が噴きだしていく。

『……なっ……この……力……？』

黒リンネがよろめいた。

『あなたたち』

首だけで背後を振り返る。

そこには、満身創痍の姿で膝をつく男女がいた。

「どうしても消えたいというのなら――」

アーカイン・シド・コラテラル。

口の端から血を滲ませた「シド」が、銃口を突きつけたまま言い放った。

「……貴様、一人で消えていろ」

「……覚えて……おきなさい」

テレジア・シド・フェイク。

荒々しい息をくり返す少女が、高らかに謳う。

「預言神が消えようと、『シド』（わたしたち）は、常にヒトの英雄でなければならないの！」

シドの名を冠する者の意地。

正史であっても別史であってもシドの本質は変わらない。そしてその本質とは、人間という種族を守りぬくこと。

誰よりも純真な正義と、誰よりも強い正義――

だからこそ。

今この瞬間、真の意味で「シド」は人間の英雄と成ったのだ。

――悪魔族の英雄「冥帝（ヴァネッサ）」が。

――蛮神族の英雄「主天（アルフレイヤ）」が。

――聖霊族の英雄「霊元首（リクゲンキョウコ）」が。

――幻獣族の英雄「牙皇（ラースイーエ）」が。

――人間の英雄「シド」が。

そのすべてが。

一人の少年に、未来を託した。

『意味なきことを。この刻印なんてすぐに消えてしまうのに』

「それでいい」

「この一瞬でいいんだよ！」

『!?』

テレジアの盾と、アーカインの銃弾。二人のシドがこじ開けた一瞬の空隙。その瞬間に、カイは黒リンネの懐に飛びこんでいた。

弾き飛ばされた世界座標の鍵を再び手にして。

『それで？』

黒リンネの諭すような口ぶり。

『運命は変わりません』

そして黒の世界座標の鍵を振り上げた。

光帝の弾丸を受けてわずかに細まった刃。確かに弱体化しているが、それで黒リンネの力の本質が変わったわけではない。

すべて無為なる足掻きでしかないのだと――

『この世界で生命は消えていくの。運命に抗うことなんてできない』

「運命の問題じゃないいんだよ！」

陽光色に煌めくカイの刃と、黒リンネの刃とが激突した。

世界種の剣の鬩ぎ合い。

——その一瞬後。

リンッ、と天上の鈴を想わせる澄んだ響きが祭壇にこだまして、二本の世界座標の鍵は同時に砕け散った。

カイが手にした世界座標の鍵と。

黒リンネが手にした世界座標の鍵とが、同時に限界を迎えたのだ。

どちらも世界種の剣。

いわば最強の矛同士が互いを打ち消しあった末の、完全相殺。

それゆえに——

『あなたの希望は消えました』

きらきらと輝く世界座標の鍵の破片を見上げて、微笑んだのは黒リンネの方だった。

互いに武器を失った。

だが勝者は、残酷なほどに明白だった。

『あなたの世界座標の鍵だけが、唯一、わたしに届く可能性があった。あなたは今、その手段を永遠に失ったのです』

「…………」

『この新世界はもはや何物にも脅かされない』

「…………」

『だからもう――』

「言ったはずだぜ」

顔と顔とが触れあうほどの至近距離。

こちらの顔を覗(のぞ)きこんでくる黒リンネを見据え、カイは静かに応じた。

「運命の問題じゃないってな」

『今さら何を…………っっっっっ!?　なっ……それは!?』

黒リンネが身をふるわせた。

自分(カイ)の手に、輝かしき陽光色の剣「世界座標の鍵(コードホルダー)」が再び顕現していたのだ。

消滅しきったはずの世界座標の鍵(コードホルダー)が。

『ありえない！』

黒リンネが吼(ほ)えた。

『あなたの剣は消えたはず。いったいそれは何なのです！』

「――――」

たった一言。

手にした剣を握りしめ、カイは応じた。

「リンネの世界座標の鍵(コードホルダー)だよ」

『うそ……復元できるわけが……！』

「復元したわけじゃない」

『っ!?　まさか――』

『俺が最初に持っていたのは、アスラソラカの剣だ』


〝私の手を握ってほしいのです〟

〝私が、最後の最後に……世界種(わたしたち)の未来を信じられるように〟


未来(こたえ)。

かつてリンネが、消滅間際に世界座標の鍵(コードホルダー)を託したように。

女神もまた託していた。カイが今まで振るっていたのは、その女神(アスラソラカ)の剣だった。

……シド、見てるか。

……今のは俺のための剣じゃない。アンタのための剣なんだよ！

預言者シドは苦悩していた。

女神(アスラソラカ)から世界座標の鍵(コードホルダー)を授かり、欺(あざむ)かれるまま五種族大戦を戦った。その歪(ゆが)んだ未来が世界輪廻(りんね)の引き金となってしまった。

すべての元凶となった女神(シド)の剣。

それが今。

黒の世界座標の鍵（コードホルダー）を打ち砕く、償いの剣となったのだ。
〝運命の憎悪に巻きこまれた者よ。この剣を手放すな〟
〝世界座標の鍵（コードホルダー）を――〟

少年は、最後まで手放さなかった。
その剣を。
女神（アスラソラカ）の手を。
……ありがとうシド。女神（アスラソラカ）。
……二人の剣、確かに使わせてもらったよ。
「運命なんかじゃない」
再び、カイの手元に生まれる世界座標の鍵（コードホルダー）。
リンネから託されたもう一つの刃（やいば）で。
「世界を変えるのは、いつだって誰かの覚悟だよ！」
『――――っ』
黒リンネの断末魔。
煌（きら）めく刃を受けて、黒き英雄の全身が大きく罅（ひび）割れて。

ピシッ

上空で、宙に罅(ひび)が入ったのはその時だ。黒リンネの全身が崩れていくのにあわせて、空間そのものの崩壊が広がっていく。

カイの世界座標の鍵(コードホルダー)の一撃が——

黒リンネ、すなわち世界意思(セカイリンネ)を斬ったのだ。

『……そん……な……』

よろめきながら宙を見上げる黒リンネ。

『……切除器官(ラスタライザ)の世界が、消えていく……』

黒リンネが、よろめきながら足を踏みだした。

一歩、また一歩。

自分(カイ)の目の前まで歩いてきて、そして身を預けるように倒れかかってくる。

『……あなた……ひどいわ……』

胸ぐらを掴(つか)まれた。

弱々しい、今にも消え入りそうな声で。

『……世界はどうなるの。まだ世界種の虐(しいた)げられる未来を望むというの。あなたにはどんな未来が見えているというの……』

「さあな。今から考えるさ」

『っ！　そんな無頓着な！』

「ただし――」

泣きそうな声の黒リンネの手を握り返す。

その真っ赤な瞳を見返して。

「ただし全員で、だ」

『っ！』

「全員で一番いい未来を考える。その選択肢ができたんだ。一つ前進だろ？」

『…………』

パリンッ
宙から「世界のかけら」が次々と剥がれ落ちていく。

黒リンネが倒れたことで、彼女が支えていた世界輪廻もまた消えるのだ。

ようやく――

ようやく世界輪廻が終わる。

世界の上書きという極大事象が消えていく。

「それより俺が聞きたいくらいだ。全員の歴史はどうなる」

歴史の上書きが消える。

ということは、世界の歴史は上書き前に戻るということだ。

どこまで戻るのだ？

直前までいた別史に戻るだけ？

だが世界輪廻（りんね）の発動前には、預言者シドのもたらした「人間の勝利した歴史」も確かに存在していた。

あるいは——

さらに別の未来があるというのか。

『……誓って』

黒リンネが、じっとこちらを見上げてきた。

真っ赤な瞳。

それが真っ赤に泣きはらした目であることに、カイはようやく気づいた。

『その『全員（みんな）』の中に、必ず世界種（わたしたち）も——』

「カイ！」

弱々しくも、力のかぎり振り絞った声。

振り向いた先には、指揮官バルムンクに肩を借りながら歩くジャンヌの姿が。

「ジャンヌ、無事だったのか！」

「当然だ。それよりここは……」

ジャンヌが歩いてきた通路も、次々と砕けて落下しつつある。

「や、やべぇですってジャンヌ様⁉　空に罅(ひび)が入ってるし、俺らの立ってる通路も後ろが崩れ始めてますってば！」

「ああもうアシュラン、もっと早く走りなさいよ！」

続いてサキとアシュランも。

その後ろにはレーレーンや主天(アルフレイヤ)。さらには冥帝(ヴァネッサ)や牙皇(ラースイーエ)、六元鏡光(リクゲンキヨウコ)の姿もある。

「……カ、カイどういうことじゃ⁉　切除器官(ラスタライザ)が消えていきおったぞ！」

「カイ！」

レーレーンが叫んだ瞬間。

轟(ごう)ッ、と広間が大きく真っ二つに罅割れた。

自分(カイ)のいる祭壇と、やってきたジャンヌやレーレーンたちを分け隔てるように。

「……世界輪廻が終わったんだ」

こちらを見つめるジャンヌに、カイは自ら空を仰いでみせた。

黒リンネの姿はもうない。

それによって、歴史の上書きというこの極大事象も消えつつある。

「この空間ももう消える。ただ、その後の世界がどうなるかは俺にもわからない」

「どういうことだ⁉」

「ジャンヌ……いや」

否。

この場のすべて――

サキやアシュラン、指揮官バルムンクとその部下たち。

悪魔族のハインマリルや冥帝(めいてい)ヴァネッサ。

蛮神族のレーレーンや主天(しゅてん)アルフレイヤ、それに大妖精シルク。

聖霊族の六元鏡光(リクゲンキョウコ)。

幻獣族の牙皇(がおう)ラースイーエ。

真っ二つに砕けて離ればなれになった「向こう岸」で、自分(カイ)を見つめている五種族へ。

「みんな」

そして――

ここにいる五種族の一番後ろ。

もっとも遅くにやってきた「五種族ではない」少女(リンネ)に向けて、カイはぎこちなく微笑(ほほえ)んだ。

慣れない、けれど精一杯の笑顔で。

「この先の世界がどんな歴史になったとしても」

「っ！　カイ――――」

「また会えるさ。会いに行くよ」

それが最後(わかれ)の言葉。

世界輪廻(りんね)の崩壊。

世界の上書きが消えたことで、正史と呼んでいた歴史、別史と呼んでいた歴史。決して交わらぬはずの二つの歴史が交叉(こうさ)して――

そして、カイの意識は暗転した。

Epilogue

Chapter: 君の世界

Phy Sew lu, ele tis Es feo r-delis uc l.

1

世界大陸——

この大陸で、ヒトは、大きくわけて四つの連邦に暮らしている。

ウルザ連邦。

その第九主要駅(ターミナル)周辺、王都ウルザークからもほど近く、近代的なビルが建ちならぶ繁華街になっている。

暖かい陽射(ひざ)し。

街の大通りを歩けば、親子連れの客が楽しげに行き交う姿がある。

「…………」

その通りを、カイ・サクラ＝ヴェントは一人で歩いていた。

喫茶店からは、淹(い)れたての珈琲(コーヒー)の香り。

ケーキ屋からは、焼きたてのケーキの甘く芳醇(ほうじゅん)な香り。

「懐かしいな」

ぼそりと。

誰にも聞かれない程度の小声で、カイはそう呟（つぶや）いた。

振りかえれば、もうどれくらい、こんな文明らしい香りと遠ざかっていたことだろう。

「おーい！　おいカイ！」

感傷に浸る間もない。

うるさいくらいの大声を上げて走ってくる青年に、カイはこっそり苦笑した。

「聞こえてるよアシュラン」

「聞こえてるよじゃねえよ！　おら急げ、俺ら下っ端が遅刻したら大問題だっての！」

カイと同じ型の戦闘衣――

人類庇護庁の服を着たアシュランが、通りの先にある主要駅（ターミナル）を指さした。

「あと三十分しかねぇぞ。急行列車を逃したら王都まで間に合わねぇぞ」

「間に合うさ」

燦々（さんさん）と輝くビル群。

悪魔族との戦いに敗れ、瓦礫（がれき）と化した廃墟（はいきょ）――そんな光景など面影もない。

さらに言うのなら。

この街の誰もが、そんな歴史（もの）なんて知らないと答えるだろう。

「アシュラン」

「ん？」

「列車が動いてるって便利だな」

「はぁ？　お前なに言ってんだ？」

「いやいいんだ。独り言だよ」

かぶりを振ってそう答えて、カイはアシュランに連れられて主要駅(ターミナル)へと歩いていった。

行き先は、王都ウルザーク。

人類庇護(ひご)庁のウルザ本部がそこにある。

2

人類庇護庁――

四連邦にそれぞれ設立された、対異種族の交渉機関である。

その前身は、およそ百年前、五種族大戦と呼ばれる大戦で活躍していた「人類反旗軍(レジスト)」と呼ばれる傭兵(ようへい)たちの組織と言われている。

「…………」

「ん？　どうしたカイ？」

「……いや」

ウルザ政府宮殿。

二本の塔から成るツインタワー型の高層建造物を見上げて、カイは大きく息を吐いた。

透きとおった青。

ビルの窓ガラスが蒼穹を映して一斉に青に染まっている。

「復興したんだなってさ」

「復興？　おいカイ、今日どうしちまったんだ？　復興だなんて……まるで政府宮殿ビルがぶっ壊れたみたいな言い方じゃねぇか。縁起でもねぇ」

「……そうだな」

再び、かぶりを振る。

そう。

今この世界の人々は、別史のことを誰一人として覚えていない。


——世界の歴史は変わった。


あの戦いから目が覚めて。

自分の知る五種族大戦の結末が変わっていた。

人類の勝利ではなく、敗北でもなく。

引き分けで終息したという結末。

……ほんのちっぽけな違いだ。

……だけどそれが、こんなに大きな違いを生んだのか。

五種族大戦は終息。

戦いを終えた「人類反旗軍（レジスト）」は、そのまま「人類庇護庁（ひご）」という新たな組織へと生まれ変わったという。

——大始祖の介入のない未来。

シドの扇動もなければ墓所もなかった。そんな歴史の世界がここにある。

ならば。

その未来がもたらしたものは、何なのか。

「お？　カイ、始まるぞ」

アシュランが広場の大スクリーンを指さした。

ざわざわと。

王都ウルザークの広場に集った民衆が、一斉にスクリーンへと振り向いた。

そこに映っていたのは——

〝人類庇護庁ウルザ本部、特命全権大使〟

〝ジャンヌ・E・アニスよ〟

伸ばした銀髪に、凛々しい目鼻立ちが印象的な少女。

……やっぱり凄いなジャンヌは。

……この世界でもウルザ連邦の代表か。

別史は消えた。

霊光の騎士ジャンヌが成し遂げた功績も消えた。

それでもなお、人々の心のどこかには、霊光の騎士ジャンヌを称えていた頃の気持ちが残っているのかもしれない。

……そんな表情してるもんな。

……この広場の何百人って観衆が、みんなジャンヌのことを応援してる。

広場だけではない。

ウルザ政府宮殿の高官、人類庇護庁の幹部たちも、彼女の交わす「契約」の一部始終を食い入るように見つめているに違いない。

「これで締結よ」

ジャンヌの足下には、噴き上がる炎で刻まれた契約が生まれていた。

この炎が境界線。

ウルザ連邦に住む人類と、悪魔族との。

「人間(わたしたち)は、この炎より北に進むことはないわ。だから守りなさい。未来永劫(みらいえいごう)、悪魔族もこの炎から南には——」

「くどい」

悪魔の発した一言が、ジャンヌの言葉をぴしゃりと切り捨てた。

この世ならぬ妖艶な美貌をほこる夢魔(サキュバス)。

冥帝(めいてい)ヴァネッサ——すべての悪魔の頂点に立つ首魁(しゅかい)が、いかにも面倒臭そうな態度でジャンヌを見返す。

「余(よ)に二言はない。貴様らこそ余の機嫌が良いうちに疾(はや)く去ることだ。……ハインマリル、塒(ねぐら)に戻るぞ。ん？　ハインマリル？」

「いぃぃぃいいやぁぁぁ——————っっ!?」

ジャンヌの部下が素っ頓狂な悲鳴を上げたのは、その時だった。

オレンジ色の髪が印象的な少女サキ。

人類庇護庁でカイやアシュランと同僚にあたる彼女が、なぜか、冥帝(ヴァネッサ)の右腕である悪魔にべったりと抱きつかれていたのだ。

「へぇ。あなたサキちゃんっていうんだ？　なーんか私、お前のこ、こと気にな、なるのか、よ、ねぇ」

「な、なななな、なにがあぁぁぁぁっっっ!?」

「私はハインマリルっていうの。ねえヴァネッサお姉さま、私この人間のことなぜか気に入りましたわ。塒に持ち帰っていいですよね？」

「いやぁぁぁぁぁっっ!?」

悪魔に頬ずりされて、サキの顔がたちまち真っ青に。

「……な、なんでアタシ、初対面の悪魔にこんな気に入られちゃうの!?」

「さあなぜかしら。初めて会った気がしないのよねぇ」

領土契約。

かくしてウルザ連邦は、人間と悪魔族の領土に分割された。

これだけではない。

カイたちが見上げる大スクリーンには、時同じくして契約が交わされることとなった、東、南、西の様子も次々と映しだされていた。

東のイオ連邦。

見上げるほどに巨大な木々がそびえ立つ蛮神族の森。その中でも一際荘厳な大樹の幹に、人間と蛮神族それぞれの代表者の名が刻まれた。

――皇帝ダンテ・ゲルフ・アリギエーリ。

――主天アルフレイヤ。

人間は蛮神族の森に立ち入ることなく、蛮神族もまた人間の都市に踏み入らない。

契約の証。


「ゆめゆめ領土を違えぬことだ」

大樹に刻まれた名を見上げるのは、六枚翼の大天使。

「お前たちが我が同胞を傷つけようものなら、我々は三倍の報復でもって罪の苦さを教えてやろう」

「……ふん」

主天アルフレイヤの言葉を、皇帝ダンテが鼻で笑ってみせる。

「念を押されずとも、こんな契約バカでもわかる。おい、引き返すぞツェフヴェン。もう用は済んだ」

部下たちを連れて踵を返す。

その一行を見つめる主天アルフレイヤの背後には、何十体ものエルフや天使たちの姿があった。

「のうアルフレイヤ様」

七単の衣を羽織ったエルフが、主天アルフレイヤに声をかけた。

エルフの巫女レーレーン。

その名前を覚えている人間は、もはや自分一人に違いない。

「あのダンテとかいう胡散臭(うさんくさ)い人間、果たして領土の誓いを守りますかの?」

「どうかな」

厳しい表情で一考。

だがすぐに、蛮神族を束ねる大天使はふっと表情をやわらげた。

「あの人間が信じるに値するかはわからない。だが、なぜだろうな。人間という種をふと信じてみたくなった」

「……というと」

「信じるに足る者がいる。そんな……夢のようなものを見た気がするのだ。それもまるで確信に近い予感がした」

天使の長が頭上を見上げた。

エルフの森の木々の隙間、燦々(さんさん)と差しこむ木漏れ日を愛(いと)しそうに見つめて。

「いつか、そんな人間と出会ってみたいものだな。お前はどうだレーレーン?」

「…………」

大天使の横顔をどれほど見つめていたことだろう。

エルフの巫女(みこ)が、小さく頷(うなず)いた。

「ええ」

とっておきの微笑でもって。

「また会いたいものですな。あの人間に」

「また？」

「……む？ おや、ワシはいったい何を……？」

エルフの巫女がぽかんと首を傾（かし）げたところで——

映像が、切り替わった。

‖

南のユールン連邦。

風薫る緑豊かな草原の中に、それぞれの配下を従えて、人間と聖霊族の代表が向かい合っていた。

人類庇護（ひご）庁、特命全権大使バルムンク。

そんな彼をじっと見つめるのが真っ青な粘状生物（スライム）の少女——霊元首（れいげんしゅ）・六元鏡光（リクゲンキョウコ）である。

『…………』

「む？ 何だ。今さら領土契約に何か不満があるのか？」

『……バカ』

小声で。

自分を見ても何とも思わない人間（バルムンク）を見て、六元鏡光がそっと呆（あき）れ声。

『鏡光は人間の文字が読める。特別に人間の契約書を用意した。これをもって領土契約を締結する』

「なるほど、気前がいいな」

『ここに署名をするといい。速やかに』

「無論だ」

六元鏡光から契約書を受け取る。

それにさっと自分の名を記したバルムンクが、その紙をさっと六元鏡光へと突き返した。

「これで良かろう」

『署名した？』

「無論だ。男に二言は…………ぬ？………な、何だこれは⁉」

署名したばかりの契約書を見つめるバルムンクが、目をみひらいた。

契約書なのは間違いない。

だが注目すべきはその内容だ。バルムンクが想定していた領土契約などではなく――

「なぜ婚姻届がここにある⁉　あ、おい⁉」

『おやおや』

六元鏡光が、バルムンクから婚姻届をひったくった。

そこに両者の名が記されていることを確認し、満足げに頷いて。

『なるほど婚姻。鏡光にそんな気はなかったけれど、プロポーズされたのなら仕方ない。鏡光は器が大きいから契約を受け入れよう』

「ちょっとまてぇぇぇい!?　そ、そもそも俺と貴様は初対面で――」

『本当に？』

「……うっ!?」

バルムンクがたじろいだ。

目の前の異種族――

真っ青な粘状生物（スライム）の少女が、何とも純粋無垢（むく）なまなざしで見上げてきたからだ。

まるで。

『じ、い、い、き思いだす。鏡光が思い出させる』

まるで恋する乙女のまなざしで。

『時間はたっぷりある。だいじょうぶ、愛があれば何とでもなる。歴史も運命も愛の前にはひれ伏すしかない。いざ新婚旅行（ハネムーン）！』

「うぉぉぉぉぉぉっっっ!?」

そして。

バルムンクを抱え上げた粘状生物（スライム）は、緑の大海原を全速力で走りだしたのだった。


――――

そして最後。

西のシュルツ連邦の、荒れ果てた荒野にて。

「いやぁぁぁっ――――――っ!?」

巨大な地竜の背中で。

「な、ななな、なんでこんな危ない場所で契約しなくちゃいけないんですかぁ!?」

全権大使の少女ミンが、必死に背中にしがみついていた。

地竜が自由気ままに動くせいで、気を抜けばはるか真下に転落である。

「は、はやく、はやく契約をですね！　そうしないとアタシが落ちるんですが!?」

「………………」

「あのぉぉぉおぉっっ!?」

「退屈だねぇ」

地竜の背中の上にごろんと横たわる獣人が、大あくび。

退屈極まりない。

牙皇ラースイーエの表情がありありとそう物語っていた。

「まさか、あの頃の喧噪が懐かしいと思う日が来るなんて。この契約もさ。人間代表っていうからてっきりアイツが来るかと思ってたのに」

「で、ですから契約をぉぉぉっぉっっっ！」

「……ま。しばらくはこの『暇』ってのを楽しんでみようか」

＝＝

ヒトと四種族の領土契約。

この大陸にひとまずの平穏が約束された瞬間を見届けて。

「ん？」

カイの胸元で通信機が鳴りひびいた。通信を送ってきた相手は、今まさにスクリーンに映っていた——

「ジャンヌ？」

『ああもう緊張したわっ！　首から背中まで汗ぐっしょりよ！』

可愛(かわい)らしい溜息(ためいき)が。

『聞いてよカイ。悪魔の英雄と初めて顔を合わせたっていうのに、まるで私のこと知ってそうな口ぶりだったの。……どんな反応すればいいか困ったわ。サキなんて悪魔の一体に妙に懐かれて、危うく連れて行かれそうになってたし』

「……いや」

まくしたてるジャンヌの報告に、一人でこっそり苦笑して。

「いつか思いだすよ。ジャンヌが解放した悪魔族(なかま)なんだから」

『え？』

「いやこっちの話。とにかくお疲れ様、気をつけて戻ってきてくれ」

通信を切って、一度大きく深呼吸。

そう。

四種族の契約を見届けたことで、自分がここで為(な)すべきことは終わった。

「……そろそろ行くか」

広場のスクリーンに背を向ける。

肩と肩が擦れ合うほど密集した人混みをかきわけて、カイは広場の出口に向かって歩きだした。

「アシュラン、後は任せた」

「ん？　お、おいどこ行くんだ？」

「昨日のうちに長めの休みを申請してたんだ。無事に何もかも一段落したし、人類庇護(ひご)庁もしばらく暇そうだろ？」

地面に置いていた荷物を拾い上げた。

何日、いや何週間という旅に備えての野営道具一式だ。

「サキとジャンヌが戻ってきたら、お疲れ様の打ち上げをしようって伝えておいてくれ。

俺もなるべく早めに戻ってくる。早く見つかったらだけど」

「だ、だからどこ行くんだよ!?」

「迎えにいく」

「誰を？」

「アシュランも知ってる子だよ」

「……？」

ぽかんと首を傾げる同僚。

そんな彼に一度手を振って、カイは主要駅へと歩きだした。

ここからは宛てのない旅になる。

「さてと、まずはウルザ連邦を旅してまわるか」

それで見つからなかったらウルザ連邦を出て、世界中を巡る大旅行だろう。危険地帯に足を踏み入れることもあるだろう。

何週間、何か月。

それでも見つかるかはわからないが。


〝……誓って〟

〝その『全員』の中に、必ず世界種も――――〟

迎え入れる。

そう誓ったのは自分だから。

「だから、迎えにいくよ」

3

王都ウルザークを旅立って――

いったいどれだけの時間をかけて、いったいどれだけの距離を歩いただろう。

まず向かったのは悪魔の墓所があった跡地だ。

それからウルザの外へ。

蛮神族の森で巫女と再会して、聖霊族の草原を訪れて、幻獣族の荒野を旅してまわった。

時には悪魔族から不審がられたり、そして時には、灼熱の砂漠で通りがかった機鋼種に助けられながら――

たどり着いたのは、世界大陸の中心部にある秘境だった。

四つの連邦のすべてに接しているからこそ、五種族大戦時にはもっとも危険な地として何者も踏み入ることができなかった。

――世界の中心。

誰も知らない原初の森が、そこには雄大に広がっていた。

鬱蒼と茂る木々の向こう。

その森の最深部でカイが見たものは、日だまりにある小さな泉。差しこむ木漏れ日をあびてキラキラと輝く泉。

その畔で。


「お待ちしてました」


天魔の翼をもつ女性がいた。

目鼻立ちの整った顔立ちで、大人びて淑やかな雰囲気をした世界種が――

「……アスラソラカ？」

「はい」

「俺のこと、覚えてるのか……」

「覚えていないわけないでしょう」

穏やかに頷いて、世界種アスラソラカがしっとりと微笑んだ。

あの時、消えたはずの女神が。

それが蘇った？

「再生でも復元でもありません。世界種(わたし)は、今ようやく生まれたのです」

「……っ。そうだったのか」

世界種アスラソラカの答えに、一度、小さく天を仰いだ。

たどり着いたのだ。

……シド。

……ようやくだよ。あんたの願った未来に、俺たちはようやくたどり着いたんだ。

〝五種族が争わずにすむ未来〟

〝彼女(リンネ)は、そんな未来をしめす象徴なのではないか？〟

この歴史の五種族(じぶんたち)が選んだ共存。

それが、世界種という種族が生まれる未来に繋(つな)がったのだ。だからアスラソラカもこの時代に生まれてきた。

そして、きっと彼女も。

「私たち、どうやらこの世界で生きていいようです」

「今度こそ大丈夫なんだな」

「はい。……本当に何と言ったらいいか」

胸に手をあててアスラソラカが口にした。

「カイ、あなたが世界種に生きる未来を授けてくれました。いいえ世界種だけじゃない。五種族だってあなた無しでは何一つなしえなかった」

「大げさだよ。俺は……」

「いいえカイ」

大人びたまなざしで、アスラソラカが首を横にふってみせた。


「あなただけが旅してきたのです。二つの歴史を」


人間が勝利した歴史で、平穏の大切さを知った。

人間が勝利した歴史では、けれど人間だけの視点で生きてきた。

人間が敗北した歴史で、大戦の苦しみを知った。

人間が敗北した歴史では、けれど他種族の感情も理解できた。

だからこそ――

少年はたどり着いたのだ。

このどちらでもない第三の選択(みち)へ。

「一つ残念なのは、あなたの旅を覚えている人間がいないということですね。歴史に名が刻まれていれば、あなたこそ人間の英雄になれたはずなのに」

「ご免だよ」

微苦笑のアスラソラカに、カイは真顔でそう応えた。

「俺はそんなガラじゃない。そういう派手な立ち回りはジャンヌの役だ」

自分だって常に精一杯だった。

世界輪廻が起きる前の世界に戻りたいという気持ちで動いているうちに、知らず知らずここまでやってきただけだ。

「そう言うと思いました」

アスラソラカがふっと微笑。

そして、泉の向こう岸に向かって歩きだした。

「案内します。あの子を迎えに行ってあげて」

泉の畔を歩いていく。

煌めく水面を眺めながら、輝く木漏れ日を浴びながら。

「実を言うと私の記憶も戻ったばかりです。あの子はまだ時間がかかるでしょうね。私より生まれるのが遅かったから」

「……じゃあ俺のことも？」

「いいえカイ」

アスラソラカが振り向いた。

女神と呼ばれた世界種が初めて見せる、満ち足りたまなざしで。

「あなたが鍵なのです。あなたという存在が、あの子にとっての生きてきた記憶そのものだから」

泉の裏にある茂み。

アスラソラカが指さす先に「彼女」はいた。

「お待たせしました。彼を連れてきましたよ」

「――――」

がさっ、と。

茂みの奥から、もう一人の天魔の少女が現れた。

不安げなまなざし。怯えた子鹿のように小さく丸まった姿で、警戒を隠しきれない様子でこちらを見上げてくる。

そんな彼女へ。

「……まったく」

カイは、こちらの心境が伝わるように微苦笑してみせた。

「こっちはだいぶ探したんだぜ？　こんなところにいたのか。あんまり探しすぎて有給を使い果たすところだった」

右手を差しだす。

そして少年は、少女の名を呼んだ。

「お帰り、リンネ」

「――――」

こちらを見上げる翡翠色の双眸。

少女の目に、少しずつ、少しずつ、光が灯っていく。

「あ………あ……っ！」

双眸の端に、じわりとうかぶ小さな滴。

その滴が――

吹き飛ぶくらいの、力強い勢いで。

「――――――カイ！」

飛びこんでくる天魔の少女を、少年は、自分の胸で抱きとめた。

これは、一人の少年の物語。
彼の名前も戦いも、決して英雄として歴史に刻まれることはない。
なぜなら誰も覚えていないから。

そう。
誰も――

なぜ僕の世界を誰も覚えていないのか？

——ううん。

わたしが覚えてないわけ、ないでしょう？

あとがき

——なぜ僕の世界を誰も覚えていないのか？

この物語のタイトルであり最終最大の「問いかけ」。それに応じる答えが、願わくば、旅の終点で見つかりますように。

……さて。

あらためまして『なぜ僕』第９巻、いかがだったでしょうか。

ここで本編の内容に触れるのは最小限に留めたいと思うのですが、細音としてはずっと描きたかった光景を心のかぎり詰めこんだつもりです。

そこに、ｎｅｃｏ先生が渾身の表紙絵を彩って下さいました。

ここまで最高に格好よく、そして美麗で印象的なイラストを描いてくださって、本当にありがとうございます。

そしてコミック作画担当のありかん先生。

神がかった美麗な作画、いつも本当にありがとうございます。コミックはまだしばらく続くということで、細音もまだまだ全力で頑張りたいと思います！

そう──

この『なぜ僕の世界を誰も覚えていないのか?』は、この9巻で理想の地にたどり着いたものの、「終わりです」とはあえて言いません。

いつかどこかで……どんな形でお目見えするかはまだ細音も言い切れませんが、よければ少しだけ、記憶に残して頂けたら嬉しいです。

……さて、ここからは少しだけ未来のお話へ。

カイたちの旅は無事にゴールまでたどり着くことができました。とはいえそれで終わりではなく、細音も、また新しい地平を目指して歩き始めたいなと思います。

ここまで『なぜ僕』を応援してくれた人が、必ずや楽しめる物語を。というわけでこのあとがきが本邦初公開の情報です。

とっておきの新しい物語を、ご紹介いたします。

ヒトと神々の、至高の頭脳戦──

細音啓最新作始動！

Kei Sazane New Project

神はゲームに飢えている

「とりあえず、さ……この時代で一番

『遊戯（ゲーム）』の強い人間を連れてきて？」

人類に与えられた試練は、至高の神々に知略戦で勝利すること——!?

▼『神々の遊戯（ゲーム）』（仮）

人類の勝利条件は「神々に頭脳戦（ゲーム）で十勝すること」。

至高の神々が創りだした究極の難題「神々の遊び」。有史以来、完全攻略者いまだ〇。

全知全能の神々とのゲーム対決十番勝負——

これは、全人類を代表して神々に挑んだ少年の物語。

▼2020年9月1日（仮）、小説サイト『カクヨム』にてWeb連載予定。

細音（さざね）の中でも最大級の挑戦作になるかなと！

だからこそ一日でも早くお届けしたくて、そこで、Web連載なら9月1日からすぐに読んでもらえるということでWeb連載をさせて頂くことになりました。

もちろん書籍としての「刊行決定！」も、お報（しら）せできるよう頑張りますね！

（細音のツイッターで最新情報を随時お知らせします！）

……さて、あとがきも残り僅（わず）かです。

改めて、この物語を応援して頂き、ありがとうございました。

そして9月1日予定の『神々の遊戯（ゲーム）』も、ぜひ楽しんで頂けますように！

七月下旬、少し長めの梅雨の合間に　　細音　啓（けい）

MF文庫J

なぜ僕の世界を誰も覚えていないのか？ 9
君の世界

2020年 8月 25日　初版発行

著者　細音啓

発行者　青柳昌行

発行　株式会社 KADOKAWA
〒102-8177 東京都千代田区富士見 2-13-3
0570-002-301（ナビダイヤル）

印刷　株式会社廣済堂

製本　株式会社廣済堂

Printed in Japan　ISBN 978-4-04-064876-7 C0193

●お問い合わせ（メディアファクトリー ブランド）
https://www.kadokawa.co.jp/（「お問い合わせ」へお進みください）
※内容によっては、お答えできない場合があります。
※サポートは日本国内のみとさせていただきます。
※Japanese text only

◇◇◇

【 ファンレター、作品のご感想をお待ちしています 】
〒102-0071 東京都千代田区富士見2-13-12
株式会社KADOKAWA　MF文庫J編集部気付「細音啓先生」係　「neco先生」係